IGCSE Chinese as a First Language

INGENUITY

匠心

李丹妮 黃宵雯 呂雅俐 林郁隽
編 著

IGCSE 0509

Coursebook
課本

目錄 Contents

前言 / 001

1 文化認同
004

課文 1　描寫 / 記敘文
鍾理和《假黎婆》 ··· 006

課文 2　回應概括性寫作
新加坡多種族政策 ··· 017

課文 3　議論 / 思想批判
梁文道《文化入侵故宮星巴克的偽問題》 ············· 024

課文 4　文言文
宋濂《記李歌》 ··· 030

課文 5　文學作品——散文
余秋雨《華語情結》 ··· 038

2 價值觀念
050

課文 1　描寫 / 記敘文
冰心《超人》 ·· 052

課文 2　回應概括性寫作
香港的補習文化 ·· 061

課文 3　議論／思想批判

雨果《紀念伏爾泰逝世一百週年的演說》 ················· 069

課文 4　文言文

王守仁《節庵方公墓表》 ······························· 077

課文 5　文學作品——詩歌

杜甫《嚴鄭公宅同詠竹》 ······························· 082
蘇軾《於潛僧綠筠軒》 ································· 083
胡適《老鴉》 ··· 084
艾米莉‧狄金森《如果我不曾見過太陽》 ··············· 085

3
公平正義

094

課文 1　描寫／記敘文

蕭紅《手》 ··· 098

課文 2　回應概括性寫作

各國對於動物福祉的響應以及法規 ···················· 112

課文 3　議論／思想批判

吳俊德《"以眼還眼，以牙還牙"——應報符合
公平正義嗎？》 ······································· 120
羅翔《死刑應當被廢除嗎？》 ·························· 120
馬拉拉《馬拉拉聯合國演講稿》 ······················ 121

課文 4　文言文

劉基《蜀賈》（《郁離子》卷二） ···················· 124

課文 5　文學作品——短篇小說

魯迅《非攻》 ··· 129

4 環境與人

142

課文1 描寫／記敘文

李廣田《野店》 ⋯⋯⋯⋯⋯⋯⋯⋯⋯⋯⋯⋯⋯⋯ 144

課文2 回應概括性寫作

上海垃圾分類措施 ⋯⋯⋯⋯⋯⋯⋯⋯⋯⋯⋯⋯ 154

課文3 議論／思想批判

瑞秋・露易絲・卡森《另外的道路》 ⋯⋯⋯⋯⋯ 161

課文4 文言文

張岱《湖心亭看雪》 ⋯⋯⋯⋯⋯⋯⋯⋯⋯⋯⋯⋯ 168

課文5 文學作品——戲劇

老舍《龍鬚溝》 ⋯⋯⋯⋯⋯⋯⋯⋯⋯⋯⋯⋯⋯⋯ 174

5 科技想象

186

課文1 描寫／記敘文

西西《你遇到了什麼麻煩？》 ⋯⋯⋯⋯⋯⋯⋯⋯ 188

課文2 回應概括性寫作

人工智能在中國 ⋯⋯⋯⋯⋯⋯⋯⋯⋯⋯⋯⋯⋯⋯ 194

課文3 議論／思想批判

劉慈欣《在時間之河的另一端》 ⋯⋯⋯⋯⋯⋯⋯ 201

課文4 文言文

宋應星《天工開物》序 ⋯⋯⋯⋯⋯⋯⋯⋯⋯⋯⋯ 207

課文5 文學作品——長篇小說

儒勒・凡爾納《巴比康主席的報告》 ⋯⋯⋯⋯⋯ 212

單元內容概覽 Scope and Sequence

1. 文化認同

探究問題： 事實性問題（F） 概念性問題（C） 辯論性問題（D）	課文 1 描寫 / 記敘文	課文 2 回應概括性寫作	課文 3 議論 / 思想批判	課文 4 文言文	課文 5 文學作品 —— 散文
概念性理解： 文化認同與家庭、語言、種族和社會環境等因素息息相關。	鍾理和《假黎婆》	新加坡多種族政策	梁文道《文化入侵故宮星巴克的偽問題》	宋濂《記李歌》	余秋雨《華語情結》
1. 什麼是文化？（F） 2. 什麼是文化認同？（F） 3. 文化認同是如何形成的？（C） 4. 如何讓不同的文化和諧共處，和而不同？（C） 5. 文化認同是否一成不變？（D） 6. 語言是不是文化認同的基礎？（D） 7. 不同文化之間的矛盾是否不可調和？（D） 8. 一個人的文化認同是與生俱來的，還是可以自主選擇的？（D）	知識點 / 技能： ●識別和應用人物描寫手法。 ●理解和分析作者如何運用人物描寫手法塑造人物性格。 ●鞏固 IGCSE 0509 考試寫作技巧。	知識點 / 技能： ●能夠辨別文章中的事實、想法與意見信息。 ●能夠根據題目要求，從兩篇短文中皆選擇有用的信息並用自己的語言完成寫作。 ●寫作能夠有效回應題目的要求。 ●掌握博客文體的寫作格式和要求。	知識點 / 技能： ●識別和應用不同的論證手法。 ●理解和分析評論文作者如何運用不同的論證技巧有效說服受眾。	知識點 / 技能： ●認識文言文的通假字現象。 ●認識常用的文言虛詞：之、以、然、哉、也。 ●了解明朝的社會環境，理解作者的思想感情。 ●分析作者如何運用人物描寫手法來塑造人物形象。 ●掌握獨白的寫作要點。	知識點 / 技能： ●了解散文的文體特徵和類別。 ●掌握文本概括的能力，分析作者是如何通過選材和剪裁來體現"形散神聚"這一文體特徵的。 ●能夠通過詞彙、句式和修辭手法的分析，感悟和歸納作者獨特的寫作風格。

2. 價值觀念

探究問題： 事實性問題（F） 概念性問題（C） 辯論性問題（D）	課文 1 描寫 / 記敘文	課文 2 回應概括性寫作	課文 3 議論 / 思想批判	課文 4 文言文	課文 5 文學作品 —— 詩歌
概念性理解： 創作者通過相應的交流技巧和創作風格有目的地塑造、改變或挑戰受眾的價值觀念。	冰心《超人》	香港的補習文化	雨果《紀念伏爾泰逝世一百週年的演說》	王守仁《節庵方公墓表》	杜甫《嚴鄭公宅同詠竹》 蘇軾《於潛僧綠筠軒》 胡適《老鴉》 艾米莉·狄金森《如果我不曾見過太陽》
1. 什麼是價值觀？（F） 2. 被世界認同的普世價值有哪些？（F） 3. 價值觀是如何形成的？（C） 4. 哪些因素影響了價值觀的形成？（C） 5. 價值觀能夠影響個人行為及其社會關係嗎？（D） 6. 個人價值觀在多大程度上會受到社會主流價值觀的影響？ 7. 個人價值觀及其行為在多大程度上會影響社會主流價值觀的形成？（D） 8. 價值觀是固定的，還是可以改變的？ （D）	知識點 / 技能： ●識別和應用對比手法。 ●理解和分析作者如何通過人物塑造和情節構建等手法呈現其觀點。 ●辯證地看待不同的觀點。 ●鞏固 IGCSE 0509 考試寫作技巧。	知識點 / 技能： ●能夠使用適合受眾和情境的語體及語言風格。 ●掌握電子郵件文體的寫作格式和要求。 ●掌握報刊文章的寫作格式和要求。	知識點 / 技能： ●掌握演講詞的特點，能熟練運用口語表達的技巧朗讀文本。 ●理解和分析作者是如何通過羅列實例以及運用獨特的語言風格來增強感染力和說服力的。	知識點 / 技能： ●認識文言文的詞類活用現象。 ●認識常用的文言虛詞：而、所。 ●了解明朝的社會環境，理解作者的思想感情。 ●掌握倡議書的寫作格式。	知識點 / 技能： ●認識 "意象" 和 "詠物詩"，能夠識別和分析作者是如何選擇特殊意象來體現主題的。 ●能夠識別詩歌的寫作手法，並分析其對詩歌主題的作用。 ●掌握 "知人論世" 的分析方法，從詩人的個人經歷和價值觀來探討主題。

單元內容概覽 Scope and Sequence

3. 公平正義

探究問題： 事實性問題（F） 概念性問題（C） 辯論性問題（D）	課文 1 描寫 / 記敘文	課文 2 回應概括性寫作	課文 3 議論 / 思想批判	課文 4 文言文	課文 5 文學作品 —— 短篇小說
概念性理解： 具有同理心和換位思考的能力有助於實現公平正義。	蕭紅《手》	各國對於動物福祉的響應以及法規	吳俊德《"以眼還眼，以牙還牙"—— 應報符合公平正義嗎？》 羅翔《死刑應當被廢除嗎？》 馬拉拉《馬拉拉聯合國演講稿》	劉基《蜀賈》 （《郁離子》卷二）	魯迅《非攻》
1. 什麼是公平？（F） 2. 什麼是正義？（F） 3. 什麼是刻板印象？（F） 4. 為什麼會存在不公平、不正義的現象？（C） 5. 如何實現公平正義？（C） 6. 公平正義是相對的，還是絕對的？（D） 7. 對人、事、物存有刻板印象是否會造成不公平、不正義的現象？（D） 8. 公平的過程是否一定會產生公平的結果？（D） 9. 人是否生而平等？（D）	知識點 / 技能： ● 識別和應用小說三要素，特別是小說情節。 ● 理解和分析小說中意象的含義和作用。 ● 識別文學文本和非文學文本的特徵，並分析二者如何使用不同的意義構建手法傳達主題。 ● 鞏固 IGCSE 0509 考試寫作技巧。	知識點 / 技能： ● 符合寫作的字數規定。 ● 能夠根據題目的寫作要求對信息進行歸納、合併、提煉和縮減。 ● 掌握海報和傳單文體的寫作格式和要求。	知識點 / 技能： ● 理解和分析作者是如何運用寫作手法來增強讀者對其觀點的認同。 ● 理解和分析議論文的語言特點。	知識點 / 技能： ● 認識文言文的詞類活用現象。 ● 認識常用的文言虛詞：其、則、夫。 ● 了解明朝的社會環境，理解作者的思想感情。 ● 鞏固議論文的寫作技巧。	知識點 / 技能： ● 認識小說的要素，特別是人物形象。 ● 掌握人物描寫的手法，能夠歸納人物的特點、梳理人物關係。 ● 了解白話文小說創作的歷史背景和魯迅的寫作風格。

4. 環境與人

探究問題： 事實性問題（F） 概念性問題（C） 辯論性問題（D）	課文 1 描寫／記敘文	課文 2 回應概括性寫作	課文 3 議論／思想批判	課文 4 文言文	課文 5 文學作品 —— 戲劇
概念性理解： 環境與個人緊密相連且互相影響。	李廣田《野店》	上海垃圾分類措施	瑞秋 · 露易絲 · 卡森《另外的道路》	張岱《湖心亭看雪》	老舍《龍鬚溝》
1. 什麼是環境描寫？（F） 2. 人類的哪些活動／行動有利於環境保護？（F） 3. 人類的哪些活動／行動會對環境造成負面影響？（F） 4. 環境如何塑造和影響個人？（C） 5. 人類活動如何影響環境？（C） 6. 我們為什麼要保護環境？（C） 7. 人類是環境的破壞者還是保護者？（D） 8. 一個人成長的環境是否會決定他／她的性格／命運？（D）	知識點／技能： ●識別和應用修辭手法、感官描寫和環境描寫手法。 ●理解和分析情景交融的意義和作用。 ●鞏固 IGCSE 0509 考試寫作技巧。	知識點／技能： ●能夠對兩篇文章中的信息進行發展、分析以及評價。 ●掌握正式信件文體的寫作格式和要求。 ●掌握演講稿文體的寫作格式和要求。	知識點／技能： ●理解和分析作者如何提出正面觀點與論據，以及反駁反面觀點來支持觀點。 ●理解和分析作者如何運用不同的寫作手法有效傳達觀點。	知識點／技能： ●初步認識文言文的倒裝和省略現象。 ●認識常用的文言虛詞：焉、矣、者。 ●認識小品文的體裁特徵。 ●了解明朝的社會環境，理解作者的思想感情。 ●分析情景相生的效果如何通過文章結構、白描和留白手法產生。 ●溫習日記、博客和描寫文的文體特點。	知識點／技能： ●認識戲劇的分類和要素，重點了解對白的作用和戲劇衝突的類型。 ●識別和分析作者是如何通過對白設計塑造人物形象並推動情節發展的。 ●能夠設計簡單的對白創作情景短劇。

單元內容概覽 Scope and Sequence

5. 科技想象

探究問題： 事實性問題（F） 概念性問題（C） 辯論性問題（D）	課文 1 描寫 / 記敘文	課文 2 回應概括性寫作	課文 3 議論 / 思想批判	課文 4 文言文	課文 5 文學作品 —— 長篇小說
概念性理解： 科技想象和發明創造帶來機遇和進步的同時也會帶來責任和後果。 1. 科技發明和創新帶來了哪些機會？（F） 2. 科技發明和創新會產生哪些危機或不良的後果？（F） 3. 誰應該為科技發展的負面影響負責？（C） 4. 我們為什麼要關心和關注科技的發展？（C） 5. 科幻故事的意義是什麼？（C） 6. 如何評價科幻小說？（C） 7. 科技發明是否應該有限制？（D） 8. 人類想象是否都會在未來成真？（D） 9. 文學想象是否具有現實意義？（D）	西西《你遇到了什麼麻煩？》	人工智能在中國	劉慈欣《在時間之河的另一端》	宋應星《天工開物》序	儒勒·凡爾納《巴比康主席的報告》
	知識點 / 技能： ●識別戲劇衝突並學會巧妙設置戲劇衝突。 ●理解和分析戲劇衝突的意義和作用。 ●理解、分析和運用黑色幽默。 ●鞏固 IGCSE 0509 考試寫作技巧。	知識點 / 技能： ●能夠將信息進行整理與編排，使其有利於讀者閱讀。 ●掌握日記文體的寫作格式和要求。	知識點 / 技能： ●識別和理解書信的特徵。 ●理解作者的身份如何影響其看待問題的角度。 ●理解和運用辯論技巧。	知識點 / 技能： ●認識常用的文言虛詞：為、且夫。 ●了解明朝的社會環境，理解作者的思想感情。 ●鞏固議論文的寫作技巧。	知識點 / 技能： ●認識科幻小說的特點，思考其創作和科技發展的關係。 ●理解和分析小說是如何通過人物形象塑造反映深刻的主題的。 ●了解文學文本中的演講情節和非文學文本中演講詞的異同，初步掌握從受眾和語境方面來分析非文學文本。

前　言

　　本書是針對英國劍橋考試局國際會考（IGCSE）中文作為第一語言（0509）課程所編寫的教材。在滿足 0509 考試要求的基礎上，豐富 0509 課程，幫助學生實現知識和技能的遷移，並與國際文憑組織預科項目（IBDP）文學研究課程（包括文學課程、語言與文學課程）進行銜接。

語文學習

　　英國劍橋考試局國際會考（IGCSE）中文作為第一語言（0509）課程對學生的中文水平有一定的要求，而文學學習向來是中學生中文學習的難點。中學生為什麼要學習文學？在這個科技高度發達、信息大爆炸的時代，我們是否還需要學習文學？我們學習文學有哪些意義？學習的最終目的只是為了考試嗎？我們並不否認考試的重要性，在編寫的過程中，我們也在一直反思這些問題。語文的學習，特別是文學的學習，不僅是為了提高中文水平，為了應付考試，而且還與人文素養、人文精神、批判思考和同理心等品質息息相關。雖然這些更重要的品質不一定能夠在考試中得到量化，但我們希望可以在這本教材中得到體現。因此，我們精選了不同國家或地區、不同性別、不同文化的具有代表性的文學作品，讓學生感受到文學作品歷久彌新的力量和魅力。另一方面，時代在進步，語文教學也應與時俱進，因此，我們在設計思路上也做出了一定的回應。

設計思路

　　面對社會發展帶來的新挑戰，世界教育權威邁克爾·富蘭（Michael Fullan）教授提出了 21 世紀人才需要具備的技能，包括創造力與想象力（creativity and imagination）、批判思維與解決問題的能力（critical thinking and problem solving）、溝通（communication）、合作（collaboration）、品格教育（character education）與世界公民意識（citizenship）。在編寫過程中，我們在幫助學生備考的同時，也有意識地提供一系列的活動，培養學生的相關技能，並與學生將來的高中學習進行銜接。首先，全書綱領借鑒 IBDP 中文語言與文學的全球性問題作為全書的脈絡，共分為五個單元：文化認同、價值觀念、公平正義、環境與人，以及科技想象。每個單元分為五篇課文，前四課包括：描寫／記敘，指導式寫作，議論／思想批判，以及文言文，均按照 0509 考試要求進行規劃。在提供的課堂活動和練習中有計劃地鋪排和融入相關考試要點、重要知識點、相關技能和相關考試訓練，在提高學生中文水平的同時，也幫助學生在考試中更加得心應手。另外，第三課的議論／思想批判選用了不同類型的非文學文本，第五課的文學作品則涵蓋散文、詩歌、戲劇、短篇小說和長篇小說的研習。這些部分的設計有意識、有目的地承接了未來的國際文憑組織預科項目（IBDP）文學研究課程的學習。本書採用了豐富的現代教學法，如哈佛大學可視化思維、戲劇教學、探究式學習、概念驅動等，能夠激發學生的學習興趣和動力，讓學生自主參與學習並享受學習的樂趣。

概念驅動

全書內容以概念驅動為核心。首先，每個單元都提供了相關的概念性理解和一系列的事實性、概念性和辯論性的探究問題。概念性理解將全單元的課文串聯起來，探究問題的設置將概念性理解進一步展開，並滲透在不同文本的研習中。這不僅能夠加深學生對所學話題及其相關概念的理解，並讓學習成為一個有機的整體。另一方面，文本研習活動的設計以 Lois A. Lanning 提出的概念性文學課程設計框架 "Understanding - Responding - Critiquing - Producing"[1] 為靈感和理論基礎。按照本書的撰寫目的，結合 0509 課程要求，課文研習按照 "理解—回應—分析／評論—創作" 的四個維度（見右表）展開，促進深度學習。這四個維度間可能會有重疊的地方，但各自的側重點不同。老師們在使用本書時，可根據具體的情況，靈活選擇活動和自主安排活動的順序。最後，每單元

1　Lois A. Lanning (2013) *Designing a concept-based curriculum for English language arts: Meeting the Common Core with intellectual integrity, K-12*, Corwin, a SAGE Company.

提供單元總結和反思活動，鞏固學生的概念性學習。

維度	設計思路
理解	識別和理解相關概念和文本關鍵信息，包括隱性和顯性信息，提供相關 0509 考試題型練習。
回應	與個人實際生活、不同的觀點和／或情境建立聯繫。進一步探究相關話題和概念，並做出個人反思與回應。
分析 / 評論	分析 / 評論作者的寫作目的，傳達的主題或重要觀點，風格方面的選擇及其產生的相關效果。分析 / 評論不同文本間的聯繫。
創作	以讀代寫，進行不同文本類型的創作，並提供類似 0509 寫作考試的題目，供學生練習。

　　編寫教材並不是一件容易的事情，在此特別感謝我們的創作團隊黃宵雯老師、呂雅俐老師和林郁雋老師，是她們的熱情和專業的態度，樂於奉獻以及不斷突破自我的精神讓這項看似不可能完成的任務最後碩果纍纍。也感謝三聯書店編輯部，特別是鄭海檳老師和本書的責任編輯王穎小姐對我們的信任、鼓勵、支持和幫助。其實，從開始接到這個任務時，就一直在糾結書名，感覺這是一件比寫書還困難的事情！但有一天跟海檳老師溝通的時候，他提到三聯會用心地編輯我們的第一本書時，突然靈光乍現！"匠心"二字不就是這種態度或精神的最好體現嗎？我們最後決定以"匠心"作為這套教材的書名。言傳不如身教，我們希望能夠把這種態度和精神傳遞給讀者，特別是年輕的學子們。鑒於創作者的時間和水平有限，如有任何疏漏和失誤，懇請廣大讀者指正。

　　最後感謝我的父親，他教會了我責任與愛。

李丹妮

2023 年 2 月

1

文化認同

概念性理解

文化認同與家庭、語言、種族和社會環境等因素息息相關。

探究問題

事實性問題（F）

1. 什麼是文化？
2. 什麼是文化認同？

概念性問題（C）

1. 文化認同是如何形成的？
2. 如何讓不同的文化和諧共處，和而不同？

辯論性問題（D）

1. 文化認同是否一成不變？
2. 語言是不是文化認同的基礎？
3. 不同文化之間的矛盾是否不可調和？
4. 一個人的文化認同是與生俱來的，還是可以自主選擇的？

單元導入活動

文化冰山理論

　　為了幫助人們加深對"文化"這一抽象概念的理解，有些學者提出了"文化冰山"理論。1984 年，AFS 國際文化交流組織[1]首先提出了"文化冰山"這一模型，美國人類學家愛德華·霍爾在此領域也有深入的研究。"文化冰山"理論將漂浮在海平面以上的可視部分視為顯性文化或有形的文化，例如食物、語言、音樂、慶典等。海平面以下的隱性文化則被視為無形的文化，例如價值觀、道德準則和社

會規範等。雖然無形的文化既看不見也摸不著，但它是冰山的根基，甚至可以決定冰山上有形文化的內容和形式。

　　1.請在**海平面以上**的冰山部分寫下更多有形文化的例子。

　　2.請在**海平面以下**的冰山部分寫下更多無形文化的例子。

　　3.你覺得冰山中的無形文化是如何影響和反映在有形文化上的？（請舉例說明）

　　4.請給"文化認同"下一個定義。

　　5.結合文化冰山理論，請談談文化如何影響一個人的身份認同。

課文 1　描寫／記敘文

鍾理和《假黎婆》

一

　　1.我的這位奶奶並不是生我們父親的嫡親奶奶，而是我祖父的繼室。我們那位嫡親奶奶死得很早。她沒有在我們任何人之間留下一點印象，所以我們一提起"奶奶"時，便總指著

1　AFS Intercultural Programs，為從事國際間教育交流的非盈利性民間國際組織，成立於 1947 年。

這位不是嫡親的奶奶。事實上，我們這位奶奶不僅在位和名份上，就是在感情上，也真正取代了我們那位不曾見過面的奶奶。我們稱呼她"奶奶"，她是受之無愧的。她用她的方式疼愛我們、照料我們，特別是對我；她對我的偏愛，時常引起別人的嫉羨。

2. 她是"假黎"——山地人。她不能像其他奶奶一樣講民族性的故事和童謠；她不能給我們講說"牛郎織女"的故事，也不會教我們唸"月光光，好種薑"，但她卻能夠用別的東西來補償，而這別種東西是那樣的優美而珍貴，尋常不會得到的。

3. 據我所知，她從來不對我們孩子們說謊，她很少生過氣，她的心境始終保持平衡，她的臉孔平靜、清明、恬適，看上去彷彿永遠在笑，那是一種藏而不見的很深的笑，這表情給人一種安詳寧靜之感。我只看到有一次她失去這種心境的平和。她的個子很小，尖下巴，瘦瘦，有些黑，經常把頭髮編成辮子在頭四周纏成所謂"番婆頭"，手腕和手背有刺得很好看的"花"。

二

4. 似乎是在我有了弟弟那年，開始跟上奶奶，那時我媽媽懷裏有了更小的弟弟，不能照顧我了。

5. 不過又說那時我還要吃奶，那麼怎麼辦呢？於是便由我奶奶用煉乳餵我。那時候民間還不曉得用保暖的開水壺，沖煉乳自然得一次一次生爐子燒開水，這麻煩一直繼續到我四歲斷了奶為止。小時候，我一直睡在她旁邊，跟著她生活，一直到成年在外面流浪為止；在我的生命史上，她是我最親近最依戀的人。

6. 但直到這時為止，我還不知道我奶奶是"假黎婆"。

7. 有一天，媽和街坊的女人聊天，忽然有一句話吹進我的

作者簡介：鍾理和（1915—1960），台灣現代著名客籍作家，台灣鄉土文學傑出的奠基人之一，在台灣現代文學史上具有重要地位。他自幼受漢學教育，是日據時期為數不多能用漢語創作的作家。他秉承客家文化愛國愛鄉的傳統，創作出了很多具有深刻鄉土情懷和客家情懷的作品，為增進普通民眾對台灣原住民的了解做了巨大的努力與貢獻。代表作有《原鄉人》《笠山農場》《夾竹桃》等。

耳朵。這是媽說的：「假黎是不知年的，他們只知道芒果開花又過了一年了。」這句話特別引起我注意，因為我覺得它好像是說我奶奶，但我也不知道是否一定這樣，所以當我看見奶奶時便問她是不是假黎。

8. 「不是吧？」我半信半疑地問。

9. 「你怎麼覺得不是呢！」奶奶笑瞇瞇地說，眉宇之間閃著慈愛的溫馨、柔軟的光輝。她把右手伸給我看，說道：「你看你媽有這樣的刺花嗎？」

10. 這刺花我是早就知道的，卻不知道它另有意義，這意義到此時才算明白。雖然如此，我仍分不出奶奶是不是假黎。我看看她的臉孔，又看看她身上穿的長衫。她的臉是笑著的；她的長衫是我自有知覺以來就看見她穿在身上的。我覺得我有些迷糊了。

11. 「你知道奶奶是假黎。」奶奶攀著我的下頜讓我看她的臉，「還喜歡奶奶嗎？」

12. 顯然，奶奶自身並不曾對此事煩心，這對我們兩人來說都是好的。

13. 我撲進奶奶懷中，說：「我喜歡奶奶。」

三

14. 奶奶的娘家，我知道有兩個哥哥，一個已死了，留下一個兒子；還有一個弟弟。這個弟弟少時曾在我家數年，因而說得一口好客家話；而且他的臉孔誠實和氣，缺少山地人那份剽悍勇猛之相，所以倘不是他腰間繫方「孤拔」，頭上纏著頭布，我是不會知道他是假黎的。我和他混得特別熟，特別好。

15. 當他們來看奶奶時，我發覺奶奶對他們好像很不放心，處處小心關照；吃飯時不讓他們喝太多的酒，不讓他們隨便亂走，晚上便在自己屋裏地面上鋪上草蓆讓他們在那上面睡。顯然可以看出奶奶處理這些的苦心和焦躁；她要設法把它處理得無過無不及，不亢又不卑，才算稱心合意。有一次他們要走時家裏給了他們一包鹽和一斗米。奶奶讓他們帶走那包鹽，卻把那斗米留下來。過後我有機會問到這件事時，奶奶帶著苦惱的表情看了我好大一刻，似乎不高興我提出這個問題，然後問我當我舅舅來時我媽給不給他們東西？

16. "雖然他們是假黎，" 奶奶以更少悽楚、更多悲憤的口氣說，"可不是要飯的呢！"

四

17. 有一次，我大概是中暑，有三天三夜神志昏迷不清，大家都認為我完了，要把我移到地下，但奶奶不肯，她堅持我會好，據說她好像很有把握。一直到現在我都覺得奇怪，我奶奶在這上面有時有極正確、極可貴的判斷，好像她看得清生死的分際。我想這是不是和她之前的生活經驗有關呢？

18. 果然，在她日夜盡心看護之下，我在第四天下午終於復甦過來了。後來我才知道奶奶為了我熬了三夜。

五

19. 有一次，我二姑丟了一條牛，第二天奶奶領著我往山谷幫忙找牛去了。時在夏末秋初，天高氣爽，樹上蓄著深藏的寧靜和溫馨，山野牽著淡淡的紫煙。我們越過"番界"深進山腹。我們時而探入幽谷，時而登上山巔，雖然都是些小山，但我已覺得夠高了。由那上面看下來，河流山野都了如指掌。

20. 我頭一次進到如此深地和高山，我非常高興，時時揚起我的手。

21. 我奶奶對這些地方似乎很熟，彷彿昨天才來過；對那深幽壯偉的山谷似乎一點不覺得稀罕和驚懼，也不在乎爬山。登上山頂時她問我是不是很高興，然後指著北方一角山坳對我說，她的娘家就在那裏，以後她要帶我去她的娘家。

22. 那是一個陰暗的山，有一朵雲輕飄飄地掛在那上面，除此之外我什麼都沒有看見。

23. 奶奶時時低低地唱著番曲，這曲子柔婉、熱情、新奇，它和別的人們唱的都不同。她一邊唱著，一邊矯健地邁著步子。

24. 她的臉孔有一種迷人的光彩，眼睛柵柵地轉動著，周身流露出一種輕快的活力。我覺得她比平日年輕得多了。

25. 她的歌聲越唱越高，雖然還不能說是大聲，那裏面充滿著一個人內心的喜悅和熱情，好像有一種長久睡著的東西，突然帶著歡欣的感情在裏面甦醒過來了。

26. 唱歌時的奶奶雖是很迷人的，但我內心卻感到一種迷惶，一種困擾，我好像覺得這已不是我那原來的可親可愛的奶奶了。我覺得自她那煥發的愉快裏，不住發散出只屬於她個人的一種氣體，把她整個包裹起來，把我單獨地淒冷地遺棄在外面了。這意識使我難過，使我和她保持一段距離，後來我終於熬不住內心的孤寂之感，撲向奶奶，熱情地激動地喊著說："奶奶不要唱歌！奶奶不要唱歌！"

27. 奶奶奇異地凝視著我，然後勉強地微笑了笑，說道："奶奶唱歌嚇壞你啦！"

28. 奶奶不再唱歌了，一直到回家為止，她緘默地沉思地走完以下的路，我覺得她的臉孔憂鬱而不快。但一回到家以後，這一切都消失了，又恢復了原來的那個奶奶；那個寧靜的、恬適的、清明的。

六

29.到我十三歲出外求學，畢業以後又在外面闖天下，於是要我關心的事情已多，無形中減少了對奶奶的懷戀，而且常常幾個月見不到一次面。但奶奶對我的感情依舊不變，不！也許因為離開，格外加深了她的懷念。每當我久別回家，她便要坐在我身旁久久看著我，有時舉手自我頭頂一直摸到腳跟。後來我遠走海外，多年沒有寄信回家。她是在光復前兩年死在炮火聲中的；她在病中一直唸著我的名字，彌留之際還頻問家人我的信是否到了。

30.待我回來時，奶奶墓地上已經長滿了番石榴，青草萋萋，我拈香禮拜心中感到冷冷的悲哀。

七

31.哥哥說後不久，奶奶的弟弟到我家來了，但如果不是他自己自我介紹，我幾乎不認得了。這不但因為他人已老，而是他的裝束和外貌已經改觀；他腰間已不繫"孤拔"，而穿著一套舊日軍服；頭髮也剪掉了，因而已不再纏頭布了；頭髮剪得短短，已經白了，腮幫子也因為牙齒掉落而深深陷下去。

32.唯一不變的似乎只有他的眼睛和臉孔的溫良誠實，以及一口客家話。

33.第二天，他要走時我們又到奶奶墓前燒了一炷香，當他默默地走在前頭時，我忽然發覺他的背脊有點駝，這發覺加深了我對奶奶的追思和懷戀，我覺得我已真正失去一個我生命上最重要最親愛的人了。

（節選，略有修改）

理解

【活動一】認識和了解 "山地人"

❶ 參考選文內容，在下方框格中畫出你所理解的 "假黎婆" 的形象，並根據文本內容填空。完成後可以上網搜索關於 "山地人" 的照片。

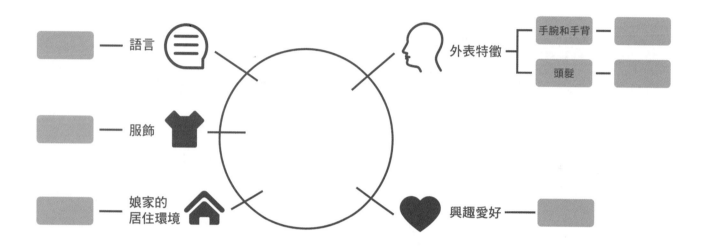

❷ 除了語言和外表特徵外，假黎婆與其他奶奶相比還有什麼不同？

❸ 當地人對 "山地人" 存在哪些偏見？請從選文中找出 1－2 個例子。

❹ "這刺花我是早就知道的，卻不知道它另有意義，這意義到此時才算明白"（第 10 段）。你覺得 "刺花" 的意義是什麼？

❺ 在第 31 段中，作者寫到，"他（奶奶的弟弟）的裝束和外貌已經改觀；他腰間已不繫 '孤拔'，而穿著一套舊日軍服；頭髮也剪掉了，因而已不再纏頭布了；頭髮剪得短短，已經白了。" 這種外觀上的變化說明了什麼？

文化認同

【活動二】文本細讀

❶ "她卻能夠用別的東西來補償，而這<u>別種東西</u>是那樣的優美而珍貴，尋常不會得到的。"（第 2 段）"這別種東西"指的是什麼？請從文本中找出 1－2 個例子支持你的觀點。

"這別種東西"：＿＿＿＿＿＿＿＿＿＿＿

1－2 個例子：

＿＿＿＿＿＿＿＿＿＿＿＿＿＿＿＿＿＿＿＿＿＿＿＿＿＿＿＿＿＿＿＿＿＿＿＿＿

❷ 選文中的假黎婆有著怎樣的性格特點？結合選文內容，完成表格。

事例	性格特點
"她從來不對我們孩子們說謊，她很少生過氣，她的心境始終保持平衡，她的臉孔平靜、清明、恬適，看上去彷彿永遠在笑"。（第 3 段）	
"奶奶自身並不曾對此事煩心，這對我們兩人來說都是好的。"（第 12 段）	
"我發覺奶奶對他們好像很不放心，處處小心關照……有一次他們要走時家裏給了他們一包鹽和一斗米。奶奶讓他們帶走那包鹽，卻把那斗米留下來。"（第 15 段）	
"奶奶為了我熬了三夜。"（第 18 段）	

❸ 你覺得放聲歌唱的"假黎婆"和日常生活中的她有什麼不同？請從選文中找出 1－2 個例子支持你的觀點。

❹ 根據選文內容，說說作者想通過畫線部分的詞語說明什麼。

i. "'雖然他們是假黎，'奶奶以更少悽楚、更多<u>悲憤</u>的口氣說，'可不是要飯的呢！'"（第 16 段）

....

....

ii. "她的歌聲越唱越高，雖然還不能說是大聲，那裏面充滿著一個人內心的喜悅和熱情，好像有一種長久睡著的東西，突然帶著歡欣的感情在裏面<u>甦醒</u>過來了。"（第 25 段）

....

....

iii. "但一回到家以後，這一切都消失了，又恢復了原來的那個奶奶；那個寧靜的、恬適的、清明的。"（第 28 段）

………………………………………………………………………………………………

………………………………………………………………………………………………

iv. "到我十三歲出外求學，畢業以後又在外面闖天下"。（第 29 段）

………………………………………………………………………………………………

………………………………………………………………………………………………

 回應

【活動一】個人反思／小組討論

❶ 你覺得 "我" 和假黎婆的感情如何？與你關係最親密的親人是誰？為什麼？

❷ 你覺得假黎婆融入當地生活容易嗎？為此她做了哪些努力和改變？你同意她的做法嗎？如果你是她，你會怎麼做？

【活動二】小組彙報

中國有 56 個民族，請選擇一個少數民族，以小組為單位，從衣、食、住、行、語言和風俗等方面，向全班介紹這一少數民族，並對如何保護文化多樣性提出建議。

【活動三】個人／小組探究

❶ 你還知道哪些文藝作品（如詩歌、小說、電影等）有助於改變人們對於某一群體的刻板印象？（可以上網找一找相關的例子）

❷ 上網找一找台灣地區有哪些保護原住民文化的政策，列舉 3－4 個你覺得最重要的政策，並說明原因。

❸ 什麼是文化共融？你居住的地區是一個多元文化共融的地方嗎？

❹ 如何促進多元文化共融？請從個人、學校和社會三個方面談談你的想法。

★ 個人：

★ 學校：

★ 社會：

 分析 / 評論

❶ 作者使用了哪些人物描寫手法來塑造 "假黎婆" 的形象？這些描寫手法展現了 "假黎婆" 哪些性格特點？

 知識鏈接

人物描寫手法

人物描寫手法以人物為描寫對象，目的是刻畫人物性格，揭示人物的內心世界，表現人物豐富而複雜的思想感情，從而更深刻地表達文章的中心思想。

人物活動的外部情態（外貌、語言、動作、神態），通常會反映出人物的內心世界（心理），二者聯繫緊密。

角度	描寫方法	特點 / 效果
直接描寫	神態描寫	刻畫人物的面部表情。
	外貌描寫 / 肖像描寫	描寫人物的外部特徵，例如五官、容貌、身材、服飾等。
	語言描寫	描寫人物所説的話，例如對話或獨白。
	行動描寫	描寫人物舉止、動作、行為等。
	心理描寫	描寫人物在特定環境中的思想感情。
間接描寫 / 側面描寫	通過對周圍人物或環境的描繪來表現所要描寫的對象。	

❷ 在塑造“假黎婆”的形象時，為什麼“語言描寫”和“心理描寫”使用得相對較少？

❸ 選文如果從兒童視角展開，效果如何？

❹ 馬清在《自省後的認知》中提到“台灣原住民在歷史上長期被邊緣化和標籤化。原住民常常被貼上茹毛飲血、野蠻不開化、近於獸類的標籤。原住民又沒有自己的文字無法為自己辯解，而外界對原住民的認識多是先入為主的。”[1] 請結合文本內容和創作背景，談談《假黎婆》是否有助於消解這些偏見。

 ## 創作

❶ **記敘**：以《一位關心和愛護你的親人》為題，敘述這位親人是如何關心和愛護你的。

知識鏈接

記敘文六要素
時間、地點、人物、起因、經過和結果。

❷ **描寫**：描寫你在一次野外探險活動中見到的景色。

❸ **議論**：有人說，“語言是文化共融的基礎。”你同意嗎？請寫一篇具有說服力的博客，說明你為什麼贊成或不贊成這一觀點。

❹ **討論**：由於全球化的發展，世界各地的聯繫越來越緊密，越來越多人認識到多元文化的重要性。請就此給當地報紙寫一篇文章。
文章必須包括以下幾點：
★ 多元文化有哪些好處？
★ 多元文化會帶來哪些挑戰？
★ 如何促進文化共融？

---

1 馬清：《自省後的認知》，《西部論叢》2018 年第 8 期。

課文 2　回應概括性寫作

導入活動

以下這張圖片讓你聯想到了什麼？展開你的想象，填寫下列思維導圖。

短文一 [1]

通過構建 "CMIO" 模式，新加坡政府塑造了 "新加坡人" 的國家認同。華人、馬來人、印度人和其他族群均享有獨立且平等的地位，並在語言、文化及宗教等方面保持各自的族群特性。多元共存已成為新加坡人的標誌性特徵。這種理念在新加坡的各種制度設計中得到了充分體現。學校教育中，學生除英

1　節選自《分層融合視角下族群融合的彌合機制研究——以新加坡為例》，《僑史刊物》2021 年 4 月 9 日，http://www.chinaql.org/BIG5/n1/2021/0409/c420285-32074211.html。

語外，還須學習一門"母語"，其種族身份決定了學習的語言種類。居住方面，"種族配額制"確保各地區居住空間均能反映新加坡的種族構成，學校、市場、運動場等公共場所為族群接觸、交往提供了更多的機會，促進了族群間的融合。"融合與歸化倡導員"，通過家訪、社區活動等形式幫助新移民融入。敦促新移民通過學習英語，與當地人互動，參加社區活動等方式，從自身做起，融入新加坡社會。

短文二[1]

1966 年，繼雙語政策的推行後，政府意識到不同種族的學生需要有互動與交流的機會。於是，學校開始推出課外活動，無論種族，只要志同道合，就能一起參與活動，消磨課餘時間。這種跨越種族的課外活動，如今已成為新加坡人身份認同感的一部分。

新加坡公共假期的分配，與四大種族和各大宗教有著密切的關係。為達到一視同仁，各個種族與宗教都享有同等數量的公共假日。國民服役也將不同背景、不同種族的新加坡人集中在一起，一起維護國家安全。這個共同經歷，讓國民服役人員學習相互理解和尊重，同時也讓他們深刻體會新加坡社會的多元性。新加坡的種族和諧日，是一個促進文化和種族之間相互了解的特別節日。學生們在校園裏慶祝種族和諧日，而社區發展理事會也會舉行為期一週的活動，讓居民參與其中。

1　節選自《閱讀塑造新加坡華族文化的十個主要公共政策》，參見：https://singaporeccc.org.sg/zh-hans/ 閱讀塑造新加坡華族文化的十個主要公共政策 /。

理解

【活動一】理解詞語

根據文中語境，猜測以下詞語的意思，然後用詞典 / 電子詞典搜索其正確的含義。

族群、種族、融合、倡導、敦促、志同道合、認同感、一視同仁、和諧

【活動二】尋找事實、想法與意見

使用三種不同的顏色，在短文一和短文二中畫出**事實信息、想法信息和意見信息**。你覺得事實信息、想法信息和意見信息有什麼區別？

【活動一】小組討論和角色扮演

你知道新加坡一直以來推行的 "CMIO" 多種族模式嗎？"CMIO" 指的是新加坡社會由華人（Chinese）、馬來人（Malays）、印度人（Indians）和其他種族（Other）組成的四大族群。

請大家組成小組，分別扮演四大族群的居民代表，表達各個族群在多種族模式社會中感到的優勢、困難和訴求，完成下列表格。

居民代表	在多種族模式社會中體會到的優勢	在多種族模式社會中可能遇到的挑戰	希望政府如何提供幫助
華人居民代表姓名：			
馬來人居民代表姓名：			
印度人居民代表姓名：			
其他種族居民代表姓名：			

【活動二】文本比較

仔細閱讀短文一和短文二，其中哪些政策能夠回應並解決【活動一】大家所討論的問題？請加以記錄：

多種族模式政策解決的問題

 分析 / 評論

仔細閱讀短文一和二，分析兩篇文章內容的異同，並填入下方表格。

文章一的信息	文章一、二共有的信息	文章二的信息

如果要對多種族模式有更全面的認識，你覺得文章還應包含哪些信息和觀點？

文化認同

創作

回應概括性寫作 / 指導式寫作練習

❶ 你是一個博客作者，要向人們介紹新加坡的 "CMIO" 政策，請你利用短文一和短文二中的信息，撰寫一篇 250－350 字的博客。內容包括：

a. 制定新加坡的多種族模式政策的原因；

b. 介紹此政策的內容；

c. 評價此政策的意義。

博客名稱或網址

標題

× 年 × 月 × 日 × 時 × 分

正文

大家對這個問題怎麼看呢？歡迎給我留言。

（×）次閱讀　（×）條評論　（×）次轉發　（×）個讚

必須用短文一和短文二中的信息為輔助內容進行寫作，字數必須在 250－350 字之間。請根據以上寫作要求，先完成下面的提綱表格。

寫作的目的是什麼？	
使用什麼格式？	
寫給誰？	

主要內容是什麼？	
應寫多少字？	
我能對應問題 a 找到 文章裏的這些信息	
我能對應問題 b 找到 文章裏的這些信息	
我能對應問題 c 找到 文章裏的這些信息	

💬 自評

你是否找到了以下的信息？請在（　　）中打勾。

★ 制定新加坡多種族模式政策的原因

1. 不同種族的學生需要有互動與交流的機會（　　）

2. 深刻體會新加坡社會的多元性（　　）

3. 促進文化和種族之間相互了解（　　）

★ 介紹此政策的內容

4. 學生除英語外，還須學習一門"母語"，其種族身份決定了學習的語言種類（　　　）

5. 居住方面需實行"種族配額制"（　　　）

6. "融合與歸化倡導員"幫助新移民融入（　　　）

7. 推出課外活動，無論種族，只要志同道合，就能一起參與活動（　　　）

8. 各個種族與宗教都享有同等數量的公共假日（　　　）

9. 國民服役也將不同背景、不同種族的新加坡人集中在一起，一起維護國家安全（　　　）

10. 種族和諧日（　　　）

★ 評價此政策的意義

11. 塑造了"新加坡人"的國家認同（　　　）

12. 各族群均享有獨立且平等的地位（　　　）

13. 多元共存成為新加坡人的標誌性特徵（　　　）

14. 跨越種族的課外活動成為新加坡人身份認同感的一部分（　　　）

15. 國民服役人員學習相互理解和尊重（　　　）

課文 3　議論／思想批判

梁文道《文化入侵故宮星巴克的偽問題》

作者介紹：梁文道，1970年12月26日生於香港，人稱"道長"，祖籍廣東順德，香港文化人、傳媒人。梁文道在香港中文大學崇基學院哲學系畢業。著名大學講師、文化從業人員、自由撰稿人、電視電台節目主持人、電影創作人和劇評家、作家、書評家、食文化研究人、時事評論員、樂評家。遊走於兩岸三地之間，因此梁文道的文章多分析中國內地、香港和台灣地區的社會動態。代表作有《常識》《讀者——梁文道書話II》《一千零一夜——梁文道》等。

1. 我還記得當年第一次走進北京故宮的時候是什麼感覺：一陣錯愕。我以為這座世上最大的皇宮，中國人引以為榮的建築瑰寶，今天就算喪失了盧浮宮的奢華，少了東京御苑牆外的肅穆，至少也是體面的。最起碼，它得有世界級國寶博物館的莊重。

2. 然而，在穿過故宮大門之後，我看到的卻是幾塊繪上了清宮人物畫像的木板，臉部挖了孔洞，好讓遊客把臉湊進去扮演皇族拍照留念。

3. 這明明是三流仿古遊樂場的惡俗玩意，怎能放在堂堂紫禁城內呢？再看兩旁的商店，蒙塵窗口上貼了幾張搖搖欲墜的紅紙片，拼出"紀念品"和"商店"等字樣。且不要拿紐約大都會博物館和倫敦大英博物館的專營商店來比了，這等門面恐怕連一般中等商場裏常見的連鎖成衣店都不如。當時我看見這等光景真是又難堪又心痛，但是我又安慰自己，國力不強，文化發展水平還不夠高，一時達不到世界第一流水準也是正常的。假以時日，必有改善。

4. 十幾年過去了，再進故宮。那種胡鬧的樂園式配套設計依然沒有多大改善，只是多了一家星巴克（Starbucks）……最近中央電視台主播芮成鋼在博客裏炮轟星巴克，說它把分店開進北京故宮是明目張膽的文化入侵。於是引來內地網民的熱烈討論，有人支持他，要求星巴克滾出去；也有人反對他，說這是不尊重合約精神，人家簽好了約就有權留在此地。

5. 其實在判斷這是否文化入侵之前，大家的討論不應忽略一個重要的基礎層次，那就是故宮管理部門的責任。星巴克在商言商，哪裏有遊客就哪裏去，這是再自然不過的事。問題是場地管理者為什麼會放它進來呢？我說的還不單是文化入侵這類很容易引起情緒反應的"民族大義"問題，而是管理機構想為場地營造出何種整體形象的問題。

6. 好比一家商場，主事者自會為它選擇合適的商店，以配合整家商場的形象與格調。北京半島酒店不會讓永和豆漿進去開業，香港置地廣場也容不下麥當勞，哪怕它們出得起再多的租金；而一間針對低消費階層的百貨公司則根本不會費心拉攏高端客戶。同理，一間有水平的博物館也必須明白它營造出來的環境就是它留給遊客的印象了，更不消提故宮這種世界文明遺產。

7. 主事者在設計整體形象的時候要先回答幾個問題，首先是整個場地的定位：它是一個非常嚴肅神聖的地方，還是一個老少咸宜的教育中心呢？它是一個面向全球遊客的國際化休閒場所，還是一座純粹的民族文化聖殿呢？然後就要探討裏面該有的配套設施了，例如它可以像韓國故宮那樣完全杜絕商業活動，也可以學習盧浮宮的順應潮流。接下來他們要顧及細節，從導遊手冊的平面設計到廁所的環境安排，全是整體形象的一部分，半點也不能馬虎。

8. 以故宮的現狀看來，它最大的問題還不是讓美國連鎖咖啡店輕易進場，甚至也不是我之前所說的沒有品位；而是它根本不知道自己是誰，不曉得要給人留下什麼印象。與其爭論高而大的文化入侵，大家不如一齊探討故宮究竟是什麼。

 理解

【活動一】理解詞語

根據文中語境，猜測以下詞語的意思，然後用詞典 / 電子詞典搜索其正確的含義。

錯愕、瑰寶、奢華、肅穆、惡俗、搖搖欲墜、假以時日、聖殿

【活動二】小組討論 / 個人反思

❶ 作者當年第一次走進北京故宮的時候為什麼會感覺錯愕？（第 1 段）

❷ 哪些光景讓作者 "又難堪又心痛"？（第 3 段）十幾年後，作者再訪故宮，看到了哪些變與不變？（第 4 段）

❸ 網民對星巴克開在故宮裏的分店有怎樣的態度？（第 4 段）

❹ 作者認為星巴克在故宮開分店是否為 "文化入侵"？這應該是誰的責任？（第 5 段）

❺ 作者在第 6 段列舉 "北京半島酒店" 和 "香港置地廣場" 的目的是什麼？

❻ 主事者在設計整體形象的時候，為什麼要先回答提出的幾個問題呢？（第 7 段）

❼ 綜合全文來看，你覺得文化入侵故宮星巴克的偽問題是什麼？真正的問題又是什麼？

回應

【活動一】聯繫實際生活[1]

金字塔、龐貝古城和布拉格城堡也是其所在國家傳統文化的象徵，這些國家是如何應對相同的問題的？請上網查一查相關資料，並按要求完成以下表格，也可以談談你在旅遊時對某處傳統文化景點的相關觀察，填入最後一行。

	應對方法	遊客的看法	當地民眾的看法	你的思考
金字塔				
龐貝古城				
布拉格城堡				
（傳統文化景點）				

你是否贊成星巴克在故宮裏開分店呢？談談你的理由。

【活動二】小組討論

請就"不同文化之間的矛盾是否不可調和？"這一問題展開小組討論。

---

1 可參考新聞《記者調查：星巴克能否開進金字塔（組圖）》：http://news.sohu.com/20070126/n247864759.shtml，2022 年 7 月 10 日瀏覽。

 分析 / 評論

【活動一】分析論證手法

　　根據以下常用論證手法的定義，找出文本中使用的論證手法，並分析其作用。（文中沒有使用的論證手法可忽略）

常見論證手法	文中的例子	作用
舉例論證：用例子證明論點的過程。		
引用論證：引用公認的道理、權威的言論、科學上的公理和原理以證明論點。		
比喻論證：用比喻來論證抽象或深奧的道理。		
類比論證：將兩種性質相同或相似的事物作比較，抓住它們的共通點。		
對比論證：通過比較兩種互相對立的事物或道理來證明論點。		
歸納論證：運用歸納推理進行的論證。整個論證體現了由個別到一般的思維過程。		
演繹論證：由大前提推論出小前提，一種由一般到個別的論證方法。		

【活動二】分析評論文的特點

　　本文是一篇時事評論文，根據右側 "知識鏈接" 中時事評論文的常見特點，你覺得作者在本文中

　　　　　　　　　　　　　　　　　　　　　　　文化認同

使用了哪些寫作技巧，從而有效傳達其觀點？

知識鏈接

時事評論文的常見特點

1. 以小見大，從日常生活中的觀察或事件出發；

2. 善用諷刺和／或幽默；

3. 邏輯清晰、論證嚴謹、有理有據；

4. 用設問和／或反問，層層深入，推進觀點；

5. 觀點鮮明，一針見血。

 創作

❶ 記敘：敘述你經歷過的一次文化衝突事件，談談你是如何解決這一衝突的。

❷ 議論：有人說，"我們應該尊重文化的多樣性"。你同意嗎？請給當地報社寫一篇具有說服力的文章，說明你為什麼贊成或者不贊成這個觀點。

知識鏈接

記敘文六要素

時間、地點、人物、起因、經過和結果。

❸ 討論：傳統文化受到全球化的衝擊是我們不可避免的問題。請給學校網站寫一篇文章，談談你對這一問題的看法。

文章必須包括以下幾點：

★ 全球化是如何衝擊傳統文化的；

★ 我們為什麼要保留傳統文化；

★ 我們應該如何保留傳統文化。

課文 4　文言文

宋濂《記李歌》

李歌者[1]，霸州[2]人。其母一枝梅，倡也[3]。年十四，母教之歌舞[4]。李艴然曰[5]："人皆有配偶，我可獨為倡耶[6]？"母告以衣食所仰[7]，不得已。與母約曰："媼能寬我[8]，不脂澤，不葷肉[9]，則可爾；否則有死而已！"母懼，陽從之[10]。

自是縞衣素裳，唯拂掠翠鬟[11]，然姿容如玉雪，望之宛若仙人，愈致其妍[12]。人有招之者，李必詢筵中無惡少年乃行。未行，復遣人覘之[13]。人亦熟李行，不敢以褻語加焉[14]。李至，歌道家遊仙辭數闋，儼容默坐[15]。或有狎之者，輒拂袖徑出[16]，弗少留[17]；他日或再招，必拒不往。

益津縣令年頗少[18]，以白金遺其母[19]。欲私之[20]。李持刀入戶，以巨木撐柱，罵曰："吾聞縣令為風化首，汝縱不能而忍壞之耶？今冠裳其形而狗彘其行，乃真賊爾！豈官人耶？汝即來，汝即來，吾先殺汝而後自殺爾！"令驚走。[21]

時監州聞其賢[22]，有子方讀書，舉秀才[23]，聘為之婦，李尚處子也[24]。居數年，天下大亂，夫婦逃難，俱為賊所執[25]。賊悅李有殊色[26]，欲殺其夫而妻之[27]。李抱其夫，詬[28]曰："汝欲殺吾夫，即先殺我，我寧死，決不從汝作賊也！"賊怒，並[29]殺之。吁[30]！倡猶能有是哉[31]！可慨也[32]。

註釋

[1] 李歌者：姓李的歌伎。因為當時男尊女卑，而且倡伎地位卑賤，沒有人知道她的真名。"者"是常見的文言虛詞，放在主語或賓

作者簡介：宋濂（1310—1381），字景濂，號潛溪，謚文憲，今浙江浦江縣人，明初著名政治家、文學家和史學家。他出身貧寒，自幼好學，曾為太子朱標講授經學，奉旨編修多部明史，官至翰林學士承旨、知制誥[1]，一生清高重節。年老辭官回鄉後，因為長孫宋慎涉及胡惟庸案而受牽連，全家或被殺頭，或被流放，他被流放四川，後病逝於今重慶奉節，享年71歲。

在明初文壇，宋濂的地位和影響力無可替代，被明太祖朱元璋譽為"開國文臣之首"，在中國文學史上被視作"明初詩文三大家""明初散文三大家"之一。他的作品以人物傳記著稱，所描寫的對象來自社會不同階級，人物性格形象鮮明，例如《記李歌》《王冕傳》等。

1　"翰林學士承旨""知制誥"是負責起草政府制、詔、誥等重要文書的官職。古代的翰林院是知識分子精英的集中地，宋代的"翰林學士承旨"相當於翰林院的院長，由資格最老的翰林學士擔任，靠近權力核心，能參政議政，所以"點翰林"是古代知識分子夢寐以求的事。

文化認同

語後，作為語氣助詞，表示提示或停頓，不必譯出。

[2] 霸州：今河北霸縣。

[3] 倡：倡伎，泛指靠賣藝為生的男女藝人，也作娼妓。寫作
"倡伎" 有時是為了強調他們不出賣肉體。

[4] 母教之歌舞：母：鴇（bǎo）母，妓院女老闆，多以娼妓
的養母身份出現，但也可能是李歌的生母。"之" 指李歌。
"之" 是常見的文言虛詞，放在動詞後，一般用作代詞，意
為 "他／她／他們／他的" 等。

[5] 艴（fú）然曰：生氣地說。"然" 是常見的文言虛詞，放在
形容詞之後，相當於 "地"，有時作為連詞 "然而、但是"。

[6] 我可獨為倡耶？："可"，為 "何" 的通假字，此句意為 "為
什麼只有我淪落為倡伎？"

[7] 母告以衣食所仰：母親說都是因為生活所迫。"以" 是常
見的文言虛詞，在這裏作為連詞使用，解釋作 "因為"。
"仰"：仰賴、依靠。

[8] 媼（yùn）能寬我：媼，指中老年婦女，這裏可解釋作 "母
親"。寬：允許。

[9] 不脂澤，不葷肉：詞類活用現象，名詞活用作動詞。指不
濃妝豔抹，不吃味道重的蔬菜（韭菜、蔥、蒜等）和肉類。
這個傳統源於古印度的宗教，佛教傳入中國後，大乘佛教
承襲了 "戒殺生、避葷腥" 的傳統，認為吃葷腥食品會產
生性慾、帶來憤怒的情緒，容易招來惡鬼，使人進入地獄。

[10] 陽從之：表面上順從了她。

[11] 自是縞（gǎo）衣素裳，唯拂掠翠鬟：從此穿衣打扮十分簡
樸。自是：從此。是：代詞，指 "這事、這時"。縞衣素
裳：白色、樸素的衣裙。翠鬟：美麗時髦的髮式。

[12] 愈致其妍（yán）：其，代詞，她的。這是一個主謂倒裝
句，強調了她的容貌極為美麗。

[13] 復遣人覘（chān）之：再派人窺視、察看。

[14] 人亦熟李行，不敢以褻語加焉：行：性格、品行。"以" 是
常見的文言虛詞，功能較多，在這裏作為連接詞用，解釋

知識鏈接

閱讀策略

要讀懂文言文，無他，唯手熟爾。多看
一些文本，記住一些常見的語言現象，
就容易讀懂文章了。做閱讀理解時，先
把文章讀一遍，粗略地了解內容大意。
再讀一遍，把難懂的字句畫出來，看
看文章有沒有對應的註釋。剩下的，可
給部分單音節詞組詞，再把句子中被省
略的主語補上。最後看看有沒有一詞多
義、詞類活用和倒裝的現象。這樣，句
子的大概意思就能推導出來了。

通假字

通假字是中國古代用字的一種現象，是
指用讀音相同或相近的字代替本字。出
現通假字的原因有很多，比如為了避
諱，或用字未形成規律，或方言的影響
導致抄寫時出現錯誤等。課文中有以下
幾個例子：

倡，通 "娼"
可，通 "何"
遺，通 "饋"
聘，通 "娉"
陽，通 "佯"

031

倡伎和娼妓之別

倡伎在漢朝的《說文解字》中被解釋為表演歌舞雜耍的人，泛指男女藝人。不過倡伎也分賣藝和賣身兩類。根據《史記》記載，秦始皇的母親趙姬就曾是富商呂不韋家的歌舞伎，作為家伎被包養，不但要為主人或賓客表演，還有可能充當侍妾，甚至任由主人把自己當作禮物饋贈給他人，身份非常低賤。後來，"倡伎"演變成女字旁的"娼妓"，主要就是指性工作者了。

妻妾之別

妻和妾的地位有天壤之別。古人說娶妻納妾，妻即正妻、正室，通過父母之命、媒妁之言、用三書六禮迎娶過門；妾則可以苟合，是被收容的對象。正妻使喚妾如使喚奴僕，她們生的孩子被分為嫡出與庶出，一般正妻生的兒子才能繼承父親的名爵地位。正妻一般來自有頭有臉的家庭，至少是清白人家；妾則往往是貧苦人家的女兒、娼妓或俘虜。妻可以直呼丈夫的名字，稱丈夫的父母為公婆；妾要稱丈夫和正妻為老爺、太太等。

作"用"。褻（xiè）語：下流話。"焉"也是常見的文言虛此，放在動詞之後，可用作代詞，解釋作"她、他、它"；放在句末，可表示陳述或反問語氣，解釋作"了、嗎、呢"，表示陳述語氣時可以不必譯出。

[15] 儼容默坐：面容嚴肅，坐得端正。

[16] 或有狎（xiá）之者，輒拂袖徑出：或：連詞，如果。狎：親近而態度不莊重。輒（zhé）：副詞，往往。拂袖徑出：憤怒、不悅地離去。

[17] 弗少留：絕不逗留片刻。

[18] 益津縣令年頗少：益津，即霸州。縣令：官名。年頗少：年紀比較輕，舉止比較輕佻。

[19] 以白金遺（wèi）其母：白金：白銀。遺：饋贈（kuì zèng）、賄賂。

[20] 欲私之：想和她私通，發生不正當的男女關係。

[21] 這一段語言描寫極為精彩，詞語解釋詳見第 37 頁"分析 / 評論"中的譯文。

[22] 時監州聞其賢：時：當時的。監州：官名，指在州府的長官手下掌管糧運、水利和訴訟等事項，對州府的長官有監察的責任。賢：賢惠。

[23] 舉秀才：秀才是中國古代選拔官吏的科目，亦曾作為學校生員的專稱。漢武帝改革選官制度，令各地官府推舉有才幹或品德高尚的人做官，即"舉秀才、選孝廉"。

[24] 聘為之婦，李尚處子也：聘，通"娉"，娉娶。婦：妻。監州給兒子做主，娉娶李歌當兒子的正妻，那時李歌仍是潔身自好的女子，沒有不正當的男女關係。

[25] 俱為賊所執：都被強盜抓了。"為"是常見的文言虛詞，在這裏用作介詞，解釋作"被"。"為⋯⋯所⋯⋯"是常見的被動句式。

[26] 有殊色：特別漂亮。

[27] 妻之：把她當作妻子。妻，名詞活用作動詞。"之"在動詞後，作代詞用。

文化認同

[28] 詬：罵。

[29] 並：一起。

[30] 吁：歎詞，相當於"唉"。歎詞的獨立性很強，它可以不與其他詞組合，也不充當句子成分，
能夠獨立成句。

[31] 倡猶能有是哉（zāi）：猶，尚且。"是"，指示代詞："這樣高尚的情操"。"哉"，語氣助詞，
用於句末，可強化句子的感情色彩。和歎詞不同的是，語氣助詞不能獨立成句。

[32] 可慨也：可，值得。慨，欽佩。也，語氣助詞，可增強肯定和欽佩的語氣。

 理解

【活動一】鞏固文言文字詞理解

找出和畫線詞語解釋相同的選項，把答案寫在（　　　）內。

❶ 母懼，陽從之。（　　　）

A. 陽奉陰違

B. 豔陽高照

C. 山之陽

❷ 有子方讀書。（　　　）

A.《荊軻刺秦王》：秦王方還柱走，卒惶急不知所為。

B.《歸園田居》：方宅十餘畝，草屋八九間。

C.《赤壁之戰》：以魯肅為贊軍校尉，助畫方略。

❸ 母教之歌舞。（　　　）

A. 未行，復遣人覘之。

B. 聘為之婦。

C. 欲私之。

❹ 或有狎之者，輒拂袖徑出。（　　　）

A.《記李歌》：他日或再招，必拒不往。

B.《歸去來兮辭》：或命巾車，或棹孤舟。

C.《寡人之於國也》：**或**百步而後止。

❺ 媼能**寬**我。（　　）

A. 允許

B. 寬容

C. 寬慰

❻ 自**是**縞衣素裳，唯拂掠翠鬟。（　　）

A.《遊園》：**是**花都放了，那牡丹還早。

B.《石鐘山記》：**是**說也，人常疑之。

C.《歸去來兮辭》：實迷途其未遠，覺今**是**而昨非。

❼ 人亦熟李**行**，不敢以褻語加焉。（　　）

A.《屈原列傳》：其志潔，其**行**廉。

B.《道德經》：千里之**行**，始於足下。

C.《論語》：三人**行**，必有我師焉。

❽ 以下哪一句中"以"的用法跟"不敢**以**褻語加焉"中的不一樣？（　　）

A. **以**巨木撐柱。

B. **以**白金遺其母。

C. 母告**以**衣食所仰，不得已。

❾ **然**姿容如玉雪，望之宛若仙人，愈致其妍。（　　）

A.《鴻門宴》：**然**不自意能先入關破秦。

B.《鴻門宴》：不**然**，籍何以至此？

C.《記李歌》：李艴**然**曰：人皆有配偶，我可為倡耶？

【活動二】個人反思 / 小組討論

❶ 你從課文的哪些描述中知道李歌長得很美？

　　　　　　　　　　　　　　　文化認同

❷ 李歌因什麼事感到委屈？為什麼？

❸ 在令人絕望的未來中，李歌選擇怎麼做？結果如何？

❹ 請用兩三個詞語概括李歌的為人。

 回應

【活動一】個人反思

如果用一種花來象徵李歌，你會選下列哪一種花，為什麼？

A. 菊花

待到秋來九月八，
我花開後百花殺。
衝天香陣透長安，
滿城盡帶黃金甲。

唐‧黃巢《不第後賦菊》

B. 梅花

牆角數枝梅，
凌寒獨自開。
遙知不是雪，
為有暗香來。

宋‧王安石《梅花》

C. 荷花

出淤泥而不染，濯清漣而不妖。中通
外直，不蔓不枝；香遠益清，亭亭淨
植，可遠觀而不可褻玩焉。

宋‧周敦頤《愛蓮說》

【活動二】坐針氈

• 選 4 位同學扮演不同時期的李歌：（1）被母親要求當歌妓時（2）賣藝不賣身時期（3）怒斥縣令之後（4）被強盜抓住後

- 其他同學任意問問題，並指定某個時期的李歌來回答。例如：李歌，你為什麼向鴇母提出不吃葷食的條件？

- 被點名的同學根據自己對人物個性和身處環境的理解給出合理的回答。作答時盡量代入角色，運用聲音、神態、動作的變化來增強表現力。

【活動三】聯繫生活

❶ 你更認同下列哪個說法？為什麼？

A. 原生家庭和成長背景決定人的命運。

B. 命運掌握在自己手裏。

❷ 你怎麼看待自己的民族，你是否引以為傲？為什麼？

分析 / 評論

❶ 為了突出李歌的形象，作者有一段精彩的語言描寫。請在下方的譯文中，將與原文中*斜體字*對應的解釋用熒光筆標識出來。

原文：

益津縣令年*頗少*，*以白金遺其母*。欲私之。李持刀入戶，以巨木撐柱，罵曰：“吾聞縣令為風化首，汝縱不能而忍壞之耶？今冠裳其形而狗彘其行，乃真賊爾！豈官人耶？汝即來，汝即來，吾先殺汝而後自殺爾！”令驚走。

譯文：

益津縣的縣令比較年輕，行為輕佻，他看中李歌，便用許多銀兩賄賂鴇母，想跟李歌私通苟合。李歌知道後，便拿起刀衝進房間，用大木頭抵住門，大罵縣令說："我聽說縣令應該是風俗教化的表率，你就算做不到，難道就忍心敗壞社會公德嗎？你今天的衣帽穿戴是人的樣子，行徑卻豬狗不如，簡直就是衣冠禽獸、卑鄙小人，哪裏有官員的樣子？你若敢來——敢來侵犯我，我就殺了你再自殺！"縣令聽了嚇得落荒而逃。

❷ 承接上題，有人說宋濂的人物傳記寫得最好，請說說"汝即來，汝即來，吾先殺汝而後自殺爾！"妙在哪裏。

❸ 在第 4 段中，作者再次使用語言和動作描寫來塑造李歌的形象，你覺得哪個細節傳神地向讀者展示了李歌的另一面？

 創作

❶ 人物獨白

情境：

• 結合歷史和生活知識，設想自己是十四歲的李歌，身處男尊女卑、階級分明的時代，當撫養自己長大的母親要求自己開始賣唱、賣笑、賣身的倡伎生涯時，內心活動是怎樣的。

• 用獨白的方式，把內心的驚恐、悲憤、掙扎和無奈表達出來。可邀請幾位同學扮演少女李歌，看看誰對人物的理解最深刻。

要求：

★ 運用第一人稱。

★ 內容要符合人物的性格特點和時代背景，並能展現人物特定時刻的內心掙扎。

❷ 議論文

一個人的文化認同是與生俱來的，還是可以自主選擇的？請談談你的看法，題目自擬。

要求：

★ 中心論點明確，立場始終一貫。

★ 至少設兩個分論點，論證方法宜多元化，論據應豐富且具說服力。

★ 推敲字眼，恰當使用排比、反問、連續提問等方法來增強說服力。

課文 5　文學作品——散文

 導入活動

課堂小調查

　　4人一組，每位同學至少詢問5位同學，彙總調查結果並討論，然後以"我們的語言"為關鍵詞進行口頭分享。

中文名						
英文名						
英文名是誰起的？為什麼要起英文名？						
你喜歡自己的英文名還是中文名，為什麼？						
你認為學習英文的意義和價值是什麼？						
你希望除了語言類學科外，其餘科目的授課語言是哪一種？						
如果去國外讀書，你會告訴同學/老師自己的中文名嗎？						
你的家鄉在哪裏？你在家裏會和爸媽説方言嗎？						

余秋雨《華語情結》

　　黃皮膚，黑眼睛，整個神貌是地道的華人，一位同樣是華人的記者在採訪他，兩人說的是英語，這在南洋各國都不奇怪。

　　採訪結束了，記者說："您知道我們是華文報，因此要請教您的華文名字，以便刊登。"

　　"我沒有華文名字。"他回答得很乾脆。

　　記者有點犯難：把一個寫明是華人的採訪對象稱作傑克遜或麥克斯韋爾之類，畢竟有點下不了手。採訪對象看出了記者的顧慮，寬慰地說："那你就隨便給我寫一個吧！"

　　這種經常發生的對話是如此平靜，但實在足以震得近在咫尺的土地神廟、宗鄉會館柱傾樑塌。時間並不遙遠，那些從福建、廣東等地漂流來的中國人登陸了，在家鄉，隔一道山就變一種口音，到了南洋，與馬來人、印度人、歐洲人一羼雜[1]，某種自衛意識和凝聚意識漸漸上升，這種自衛的凝聚是一種多層構建，最大一個圈圈出了全體華人，然後是省份、縣邑、宗族、姓氏，一層層分解，每一層都與語言口音有關。不知經過多少次災禍、爭鬥，各種地域性、宗教性的會館競相設立，而最穩定、最牢靠的"會館"，卻屹立在人們

作者介紹：余秋雨，當代散文最具影響力的作者之一，中國當代作家、學者。

· 1992 年，代表作《文化苦旅》一經出版即在兩岸三地掀起一股閱讀文化散文的熱潮。

· 2000 年前後，先後出版《山居筆記》《千年一嘆》《行者無疆》等散文集也持續暢銷。我們隨著作者的筆端，不斷在歷史和現代中穿梭，不斷在審視和自省中切換視角，彷彿親歷了中國五千年的歷史文明。

· 2011 年，出版文化隨筆《中國文脈》《北大授課》教學實錄及學生筆記，又一次引起社會關注，這些作品成為廣大中學生積累中文素養的必讀書目。

· 一系列作品的熱銷，不僅帶來了研究"余氏文風"的熱潮，也引來了一系列的非議，一時眾說紛紜。

1　羼雜（chàn zá），意為摻雜、混雜。

的口舌之間。一開口就知道你是哪兒人，除了很少的例外，多數難於逃遁。

怎麼也沒有想到會渦捲起一種莫名的魔力，在短短數十年間把那一圈圈、一層層的自衛、凝聚構建一股腦兒軟化了，把那一些由故鄉的山樑承載的、由破舊的木船裝來的華語，留給已經不大出門的爺爺奶奶，留給宗鄉會館的看門老漢，而他們的後代已經拗口。用英語順溜，儘管這種英語帶著明顯的南洋腔調，卻也能抹去與故鄉有關的種種分野，抹去家族的顛沛、時間的辛酸，就像從一條渾濁的歷史河道上潛泳過來，終於爬上了一塊白沙灘，聳身一抖，抖去了渾身渾濁的水滴，鬆鬆爽爽地走向了現代。不知抖到第幾次，抖掉了華語，然後再一用力，抖掉了姓氏，只好讓宗鄉會館門庭冷落了，白沙灘上走著的正是黃皮膚黑眼珠的傑克遜和麥克斯韋爾。

在這一個過程中，我所關注的理論問題是，一個群體從學習外語到不講母語需要經歷多大的心理轉換，大概需要多長的時間，再進一步，從不講母語到遺落家族姓氏又需要經歷多大的心理轉換，還需要多長的時間。當然，更迫切的問題還在於，這一切是不是必然的，能在多大程度上避免。不管怎麼說，我已看到了大量不爭的事實：語言的轉換很快就造就了一批斬斷根脈的"抽象人"。

新加坡實踐話劇團演過一個有趣的話劇《尋找小貓的媽媽》，引起很大的社會轟動。這個話劇，確實是以"話"作為出發點的。一個三代同處的家庭，第一代講的是福建方言，第二代講的是規範華語，第三代只懂英語，因此，每兩代之間的溝通都需要翻譯，而每一次翻譯都是一次語義和情感上的重大剝落。如果是科學論文、官樣文章，可能還比較經得起一次次的翻譯轉換，越是關乎世俗人情、家庭倫理的日常口語，越是無奈。結果，觀眾們看到的是，就在一個屋頂之下，就在一個血統之內，語言，僅僅是因為語言，人與人的隔閡是那樣難於逾越。小小的家庭變得山高水遠，觀眾在捧腹大笑中擦起了眼淚。

　　無數家庭都在經歷著的這類文化悲劇，人們並不是輕而易舉就能避開的。恨恨地罵幾句"數典忘祖"，完全不能解決現實問題。就拿新加坡來說，一代政治家急切地要把這個以華人為主的年輕國家快速推入現代國際市場，就必然要強悍地改換一套思維方式和節奏方式，那麼，沒有比改換一種語言氛圍更能透徹有效地達到這個目的的了，因為語言連帶著一個整體性的文化——心理基座，把基座"移植"過來，其他一切也就可以順水推舟了。當然也可以不這樣做，但這樣做的效果卻顯而易見。整個國家是這樣，每個家庭也是這樣。年幼的孩子如果學好英語，中學畢業後可以直接投考歐美各國的名牌大學，即使不讀大學也能比較順利地進入這個國際商市的大多數公司企業。至少在目前，華語水平確實不是新加坡青年謀職的必需條件，而要學好華語耗費的時間和精力卻遠超英語。在中國內地通過很自然的方式已經學好了華語的中國青年也許不會痛切地感到學習華語之難，而在新加坡，竟有華人小阿囡因華語課太難而準備自殺，使得父母不得不搬家到澳洲或別的用不著學華語的地方。是的，華語牽連著遠祖的精魂，牽連著五千年的文明，他們都知道；但門外的人生競爭是那麼激烈，哪一位家長都不太願意讓孩子花費幾十年去死啃一種極其艱難又不太有用的語言。儘管年邁的祖父還在一旁不滿地嘀咕，儘管客廳的牆上還掛著中國書法，父母代孩子填下了學英語的志願，把華語的課目輕輕劃去。血緣原則、情感原則、文化原則暫時讓位給了開放原則、實用原則、經濟原則。誰也無法簡單地判斷怎麼是對，怎麼是錯，這裏赫然橫亙著一個無可奈何。

　　我認識一位流浪過大半個中國的華僑著名髮型師，他對華人黑髮造型有精湛的研究。求他做頭髮造型的華裔小姐絡繹不絕，但不少小姐總是把母親也帶到美髮廳裏來，原因只在於，這位髮型師有一個怪脾氣，為華人黑髮造型時他只說華語，小姐們的母親是來充當翻譯的。年老的髮型師力圖營造一個髮色和語言協調的小天地，保存一點種族性的和諧，但他實際上並沒有成功。中國人的頭髮幾萬幾千年一直黑下來，黑過光榮，黑過恥辱，將來還會一直黑下去，但語言卻並不是這樣固執。或許最終還是固執的，但現在卻已不易構成與中國人的生理特徵一樣穩定的審美造型。對此，髮型師是痛苦的，小姐們是痛苦的，母親們也是痛苦的，這是一種不願反悔、更不願譴責的痛苦，一種心甘情願的痛苦，而這種痛苦正是最深切的痛苦。

　　這種痛苦早就有過，而且都已老化為沉默。我想"牛車水"這個地名就是這樣的沉默物。三個字本身就是一種倔強的語言硬塊，渾身土俗地屹立在現代鬧市間。據說新加坡開發之初很缺淡水，就有一批華人打了深井，用牛拉盤車從井裏打水，然後又驅趕著牛車到各地賣水。每天清晨，這座四面環海卻又十分乾渴的城市醒來了，來自各國的漂泊者們都豎起耳朵期待著一種聲音。木輪牛車緩緩地碾在街石上，終於傳來一個極其珍貴的字眼：

　　水……！

　　當然是華語，那麼婉轉，那麼迴盪，那麼自豪和驕傲！一聲聲喊去，一天天喊去，一年年喊去，新加坡一片滋潤。

　　如今，牛車水一帶街道的舊屋門口，有時還能看到一些閒坐著的古稀老人。也許他們呵出過太多的水汽，乾癟了，只剩下滿臉溝鑿般的皺紋。眼前，是他們呵出的一個現代化的城市，但在這座城市間，他們已成了陌生人。

看著他們木然的神情，我總會去思考有關漂泊的最悲涼的含義，出發的時候，完全不知道航程會把自己和自己的子孫帶到哪裏。

直到今天，不管哪一位新一代的華人漂泊者啟程遠航，歡快的祝願和告別中仍然裹捲著這種悲愴的意緒。

（節選，略有修改）

文體知識

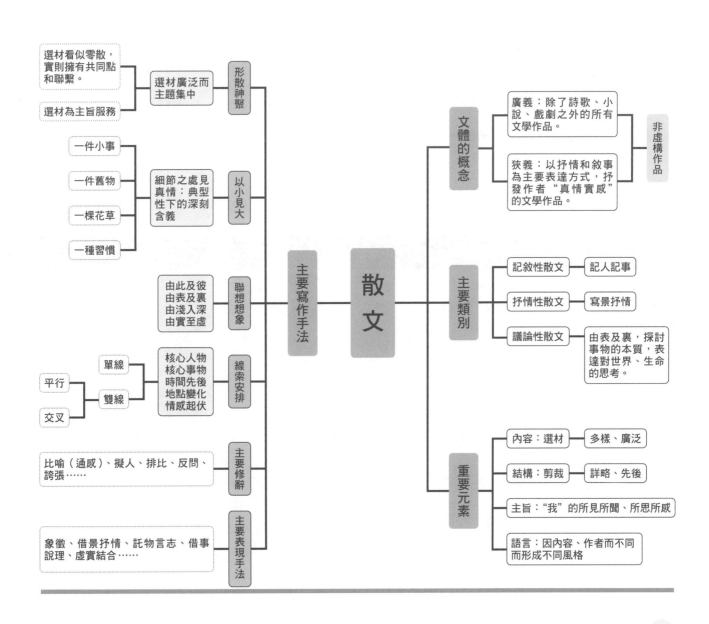

 理解

【活動一】詞語學習

"你說我猜"：兩個同學一組，熟悉以下詞語。

柱傾樑塌	門庭冷落	山高水遠	順水推舟	絡繹不絕	古稀老人	精湛	逃遁

【活動二】文本細讀

❶ 初讀課文，朗讀你最感興趣的片段，並簡要說明原因。

❷ 小組共讀，作者以獨特的視角和雋永的語言，描寫了一系列生動的人物形象，請選擇一個或幾個人物，進行"定格表演"，描述人物的特點。

❸ 作者認為"語言的轉換很快就造就了一批斬斷根脈的'抽象人'"，他用哪些描寫和事例來使這個"抽象人"具體化的？請摘錄原文，結合自己的理解作答。

❹ 思考作者選擇了哪些寫作材料，主要內容有哪些，寫作目的是什麼，並完成下列表格。

"選材"關鍵詞	內容概述	寫作目的
華文報採訪	採訪對象：華人，沒有中文名，且抱著無所謂的態度 採訪者：華語報紙的華人記者 雙方使用語言：英文	
華人會館		
話劇《尋找小貓的媽媽》		
	曾經幫助華人立足並滋養著新加坡，現在只有老人留守。	

❺ 原文解析，理解下列句子的含義。

1）這種經常發生的對話是如此平靜，但實在足以震得近在咫尺的土地神廟、宗鄉會館柱傾樑塌。

2）小小的家庭變得山高水遠，觀眾在捧腹大笑中擦起了眼淚。

3）血緣原則、情感原則、文化原則暫時讓位給了開放原則、實用原則、經濟原則。

4）髮型師是痛苦的，小姐們是痛苦的，母親們也是痛苦的，這是一種不願反悔、更不願譴責的痛苦，一種心甘情願的痛苦，而這種痛苦正是最深切的痛苦。

5）直到今天，不管哪一位新一代的華人漂泊者啟程遠航，歡快的祝願和告別中仍然裹捲著這種悲愴的意緒。

❻ 通讀文本，思考文中流露出作者怎樣的"華語情結"。

回應

【活動一】社會觀察

• 過去的中國明星喜歡用英文名，這一現象成為深受追捧的時尚，也是很多人打開星途的鑰匙。然而時至今日，許多明星紛紛改回中文原名，中國風在音樂、美術、時裝等多個領域成為新的時尚，請討論出現這一變化的原因是什麼。

• 曾經 S‧H‧E 的《中國話》紅極一時，現在抖音、小紅書上說著一口流利的北京話或四川話等方言的外國人成為流量的收割機，請討論這些現象會引起哪些與"語言和文化認同"相關話題的思考。

根據以上觀察和討論，你還想到了哪些值得探究的問題，請寫在下列橫線上。

_____

_____

【活動二】班級訪談錄

我們每天都在學習自己的母語。你喜歡上語文課嗎？生活中處處有語言，每位同學都有著豐富的課外學習經歷，這些經歷對"文化認同"產生了怎樣的影響？你有怎樣的感受和心得？⋯⋯

四人一組，結合日常生活選定一個話題，確定角色，設計問題，拍攝一個訪談短視頻。

視頻創作大綱			
小組成員	角色身份	訪談主題	問題設計
			1.
			2.
			3.
			4.

 分析／評論

【活動一】品味語言

　　一篇優秀的散文往往擁有優美的意境、雋永的語言。有人說，余秋雨先生的《文化苦旅》一書多使用短句、排比、對偶、類疊等手法，形成了錯落有致、意蘊豐富的獨特風格；也有人認為“余氏散文”最大的特點就是“透過故事化的情節、獨特視角的情景敘述引發人們深層的文化思考”。

　　請以原文詞句為例，分析文章的語言風格，並探討這種語言風格是如何激發受眾思考“語言與文化認同”的關係。

【活動二】形散神聚

　　前面的活動中，經過大家的討論提出了很多值得探究的問題，請你從中選擇一個，以“形散神聚”為核心，圍繞作者的選材和主旨做一個口頭分析，並錄音分享。

　　作業步驟及要求：

　❶ 闡述課文主旨，全面而深刻；

　❷ 圍繞課文主旨，選擇一個感興趣的探究問題，問題表述清晰而集中；

　❸ 列舉作者的選材，分析作者如何通過選材展現主旨，與你想探討的問題間有何聯繫；

 知識鏈接

散文的“形散神聚”

選材廣泛：“形散”並非“結構零散”，而是指散文往往選擇多個事件中最能體現同一主題的片段，而非完整的一個事件。

主題集中：“神聚”是指主題集中，“神”亦可指行文“線索”，散文豐富的選材是通過線索集中在一個文本中的。

　　　　　　　　　　　　　　文化認同

❹ 錄音時長 4 分鐘，語速適中，語言流暢。

 創作

❶ 描述：請選擇文中一個人物，根據他的身份和特點創作一篇個人博客，展現你對“華語情結”的理解和看法。你必須寫出一篇具有感染力且合乎情理的文章。

❷ 議論：

在全球化的今天，文化交流頻繁，由此產生的身份認同與語言焦慮問題日益明顯，尤其在香港，人們對於繁體字和簡體字所承載的不同文化也多有爭論。

有人認為應該堅持使用繁體字，因為它是中華傳統文化，尤其是香港本土文化的載體，“愛”不可無“心”；

有人認為應該刪繁就簡，簡體字是順應文化傳播潮流的正確舉措，也是香港融入祖國的重要途徑，和合才能大同。你贊同哪一種觀點？

請你寫一篇議論文，要求觀點明確，具有說服力。

❸ 討論：

教育部正在討論是否要把英語排除在高考科目之外，你作為校報主編，準備寫一篇網絡版卷首語，以此拋磚引玉，引起同學們的跟帖和關注。

內容必須包含以下要點：

★ 從好、壞兩方面探討英語作為高考科目對“文化認同”的影響；

★ 圍繞增強同學們的“文化認同”，對高考改革提出幾點建議。

反思

❶ 單元總結反思

通過文化冰山理論的學習，我們能夠加深對“文化”這一抽象概念的認識。通過對不同文本的研習，我們既能夠掌握不同的文體知識和語言知識，提升文學素養，也能夠對文化認同形成的原因和影響文化認同的因素有更深刻的理解。我們還能夠認識到，外來文化不一定只是“他者”，文化只有兼收並蓄、與時俱進和不斷自我更新，才能有旺盛的生命力。

❷ 個人反思

	我以前不知道，但現在知道	我還想要知道
1. 什麼是文化？（F）		
2. 什麼是文化認同？（F）		
3. 文化認同是如何形成的？（C）		
4. 如何讓不同的文化和諧共處，和而不同？（C）		
5. 文化認同是否一成不變？（D）		

	我以前不知道，但現在知道	我還想要知道
6. 語言是不是文化認同的基礎？（D）		
7. 不同文化之間的矛盾是否不可調和？（D）		
8. 一個人的文化認同是與生俱來的，還是可以自主選擇的？（D）		

2

價值觀念

概念性理解

創作者通過相應的交流技巧和創作風格有目的地塑造、改變或挑戰受眾的價值觀念。

探究問題

事實性問題（F）

1. 什麼是價值觀？
2. 被世界認同的普世價值有哪些？

概念性問題（C）

1. 價值觀是如何形成的？
2. 哪些因素影響了價值觀念的形成？

辯論性問題（D）

1. 價值觀會影響個人行為及其社會關係嗎？
2. 個人價值觀在多大程度上會受到社會主流價值觀的影響？
3. 個人價值觀及其行為在多大程度上會影響社會主流價值觀的形成？
4. 價值觀是固定的，還是可以改變的？

著名漫畫家豐子愷（1898－1975），為報師恩發心創作《護生畫集》，抱一顆慈悲之心，揮毫潑墨，簡筆勾勒世間眾生相，展現人人本應具備的惻隱、慈悲。在國家飽受戰亂、黎民水深火熱的年代，以超乎時代的精神感召眾人。

廣洽法師對此曾在序言中寫到："蓋所謂護生者，即護心也，亦即維護人生之趨向和平安寧之大道，糾正其偏向於惡性之發展及暴力恣意之縱橫也。是故護生畫集以藝術而作提倡人道之方便，在今日時代，益覺其需要與迫切。雖曰爝火微光，然亦足以照千年之暗室，呼聲綿邈，冀可喚回人類甦醒之覺性。"

1. 請描述左圖[1]中你所看到的畫面。

2. 由這幅漫畫，你想到了什麼？

3. 這幅漫畫展現了怎樣的價值觀？

4. 請你結合自己的理解，給這幅畫寫一首"題畫詩"。

課文 1　描寫 / 記敘文

冰心《超人》

1. 何彬是一個冷心腸的青年，從來沒有人看見他和人有什麼來往。他不輕易和人打招呼，也永遠沒得到過一封信。

1　圖片來自豐子愷：《護生畫集》，上海譯文出版社，2012 年。

2. 他不但和人沒有交際，凡帶一點生氣的東西，他都不愛，屋裏連一朵花，一根草，都沒有。他從局裏低頭獨步回來，關上門，便坐在書桌旁邊。偶然疲倦了，拉開簾幕望一望，但不多一會兒，便又閉上了。

3. 程姥姥總算是他另眼看待的一個人，她端進飯去，有時便站在一邊，絮絮叨叨，也問他為何這樣孤零。何彬偶然答應幾句："人和人都不過如同演劇一般：上了台是父子母女，親密得了不得；下了台，摘了假面具，便各自散了……尼采說得好，愛和憐憫都是惡……"

4. 這一夜他忽然醒了。聽得對面樓下悽慘的呻吟，這痛苦的聲音，斷斷續續，在這沉寂的黑夜裏只管顫動。他雖然毫不動心，卻也攪得他一夜睡不著。月光如水，從窗紗外瀉進來，他想起了許多幼年的事情——慈愛的母親，天上的繁星，院子裏的花……他的腦子累極了，極力想擯絕這些思想，無奈這些事只管奔湊了來，直到天明，才微微地合一合眼。

5. 他聽了三夜的呻吟，看了三夜的月，想了三夜的往事——眠食都失了次序，眼圈也黑了，臉色也慘白了。

6. 他每天還是機械似地做他的事，然而在他空洞洞的腦子裏，憑空添了一個深夜的病人。

7. 第七天早起，他忽然問程姥姥對面樓下的病人是誰？程姥姥一面驚訝著，一面說："那是廚房裏跑街的孩子祿兒，腿摔壞了，每夜呻吟。這孩子真可憐，今年才十二歲呢……"何彬自己只管穿衣戴帽，好像沒有聽見似的，走到門邊，卻慢慢地從袋裏拿出一張鈔票來："給那祿兒罷，叫他請大夫治一治。"說完了，頭也不回，徑自走了。

作者簡介：冰心（1900－1999），原名謝婉瑩。中國詩人，現代作家、翻譯家、兒童文學作家、社會活動家、散文家。筆名冰心取自"一片冰心在玉壺"。因翻譯紀伯倫的《先知》《沙與沫》，泰戈爾的《吉檀迦利》《園丁集》等作品，1995 年經黎巴嫩共和國總統簽署授予國家級雪松勳章。代表作有詩集《繁星》《春水》，散文集《寄小讀者》和小說集《超人》。

8. 程姥姥一看那巨大的數目，不禁愕然，何先生也會動起慈悲念頭來。

9. 呻吟的聲音，漸漸地輕了，月兒也漸漸地缺了。何彬還是朦朦朧朧的——慈愛的母親，天上的繁星，院子裏的花……他的腦子累極了，竭力地想擯絕這些思想，無奈這些事只管奔湊了來。

10. 程姥姥帶著祿兒幾次來叩門，要跟他道謝；他好像忘記了似的，冷冷地抬起頭來看了一看，又搖了搖頭，仍去看他的書。祿兒仰著黑胖的臉，在門外張著，幾乎要哭了出來。

11. 這一天晚飯的時候，何彬告訴程姥姥說他要調到別的局了，後天早晨便要起身，請她將房租飯錢，都清算一下。

12. 他覺得很疲倦，一會兒便睡下了。——忽然聽得自己的門鈕動了幾下，接著又聽見似乎有人用手推的樣子。他不言不動，只靜靜地臥著，一會兒也便渺無聲息。

13. 第二天他自己又關著門忙時，忽然想起繩子忘了買了。他打開門，只見人影兒一閃，再看時，祿兒在對面門後藏著呢。他躊躇著四圍看了一看，一個僕人都沒有，便喚："祿兒，你替我買幾根繩子來。"祿兒趫趫地走過來，歡天喜地地接了錢，如飛走下樓去。

14. 不一會兒，祿兒跑得通紅的臉，喘息著走上來，一隻手拿著繩子，一隻手背在身後，微微露著一兩點金黃色的星兒。他遞過了繩子，仰著頭似乎要說話，何彬卻不理會，拿著繩子自己進屋去了。

15. 累了兩天了，何彬閉上雙眼，又想起了深夜的病人——慈愛的母親，滿天的繁星，院子裏的花……十幾年來隱藏起來的愛的神情，又呈露在何彬的臉上；十幾年來不見點滴的淚兒，也珍珠般散落了下來。

16. 微微睜開眼，四面的白壁，一天的微光，屢屢清香，一個小人兒，躡手躡腳地走了出去，臨到門口，還回過小臉兒來，望了一望。

17. 何彬竭力地坐起來。那邊捆好了的書籍上面，放著一籃金黃色的花兒，花籃底下還壓著一張紙：

> 這籃子裏的花，我也不知道是什麼名字，是我自己種的，倒是香得很，我最愛它。我想先生一定是不要的。然而我有一個母親，她因為愛我的緣故，也很感激先生。先生有母親麼？她一定是愛先生的。這樣我的母親和先生的母親是好朋友了。所以先生必要收下母親的朋友的兒子的東西。

> 祿兒叩上

18. 何彬看完了，捧著花兒，回到床前，不禁嗚嗚咽咽地痛哭起來。

19. 清香還在。窗內窗外，互相輝映的，只有月光，星光，淚光。

20. 早晨程姥姥進來的時候，只見何彬都穿好了，帽兒戴得很低，背著臉站在窗前。程姥姥陪笑著問他用不用點心，他搖了搖頭。——車也來了，箱子也都搬下去了，何彬淚痕滿面，靜默無聲地謝了謝程姥姥，提著一籃的花兒，遂從此上車走了。

21. 祿兒站在程姥姥的旁邊，兩個人的臉上，都堆著驚訝的顏色。看著車塵遠了，程姥姥才回頭對祿兒說："你去把那間空屋子收拾收拾，再鎖上門罷，鑰匙在門上呢。"

22. 屋裏空洞洞的，床上卻放著一張紙，寫著：

小朋友祿兒：

我先要深深地向你謝罪，我的恩德，就是我的罪惡。你說你要報答我，我還不知道我應當怎樣地報答你呢！

你深夜的呻吟，使我想起了許多的往事。頭一件就是我的母親，她的愛可以使我止水似的感情，重又盪漾起來。我這十幾年來，錯認了世界是虛空的，人生是無意識的，愛和憐憫都是惡德。我給你那醫藥費，裏面不含著絲毫的愛和憐憫，不過是拒絕你的呻吟，拒絕我的母親，拒絕了宇宙和人生，拒絕了愛和憐憫。上帝呵！這是什麼念頭呵！

我再深深地感謝你從天真裏指示我的那幾句話。小朋友呵！不錯的，世界上的母親和母親都是好朋友，世界上的兒子和兒子也都是好朋友，都是互相牽連，不是互相遺棄的。

你送給我那一籃花之先，我母親已經先來了。她帶了你的愛來感動我。我必不忘記你的花和你的愛！也請你不要忘了，你的花和你的愛，是藉著你朋友的母親帶了來的！

天已明了，我要走了。沒有別的話說了，我只感謝你，小朋友，再見，再見。世界上的兒子和兒子都是好朋友，我們永遠是牽連著呵！

何彬

（節選，略有修改）

 理解

【活動一】理解文本內容

根據文本內容，完成以下填空。

《超人》的主人公何彬是一個 _____ 的青年。他受到 _____ 的影響，他眼中的世界是 _____，他的生活環境 _____，對鄰居及周圍的人都 _____，他的生活 _____。有一天，他被 _____ 生病呻吟的聲音 _____，讓他想到了自己的 _____。之後他託房東程姥姥，送 _____ 給祿兒 _____。祿兒的腿病好了，並給他寫了一封感謝信。何彬 _____。

【活動二】文本細讀

❶ "何彬是一個冷心腸的青年。" 何彬的 "冷" 體現在哪裏？（請從文本中找出至少 3 個例子）

❷ 何彬 "冷" 的原因是什麼？

❸ 何彬由 "冷" 到 "暖" 的表現有哪些？（請從文本中找出至少 3 個例子）

❹ 何彬由 "冷" 到 "暖" 的原因有哪些？

❺ "慈愛的母親，天上的繁星，院子裏的花" 在文本中出現了 3 次，根據文本內容，完成下表。

	段落	情境
第一次出現		
第二次出現		
第三次出現		

反思：你覺得 "慈愛的母親，天上的繁星，院子裏的花" 各代表什麼？

- 慈愛的母親：＿＿＿＿＿＿＿＿＿＿＿＿＿＿＿＿＿＿＿＿＿＿＿＿＿＿＿

- 天上的繁星：＿＿＿＿＿＿＿＿＿＿＿＿＿＿＿＿＿＿＿＿＿＿＿＿＿＿＿

- 院子裏的花：＿＿＿＿＿＿＿＿＿＿＿＿＿＿＿＿＿＿＿＿＿＿＿＿＿＿＿

❻ 根據你對文章的理解，請給這篇小說設計一個封面，並解釋設計的靈感和使用的技巧。

 回應

【活動一】聯繫個人生活

結合你的生活經驗，談談你是否認同 "人和人都不過如同演劇一般：上了台是父子母女，親密得了不得；下了台，摘了假面具，便各自散了" 這個觀點。（第 3 段）

【活動二】探究相關哲學思想

❶ 老子和尼采分別在中西思想史的發展中作出了巨大貢獻，兩人的觀點有相同也有不同的地方。閱讀《深度探析：老子與尼采的哲學觀點有什麼異同點？》一文，用文氏圖總結兩者觀點的主要異同之處。[1]

1　參見：https://www.163.com/dy/article/GD9D5TE40543L1M8.html，2022 年 7 月 10 日瀏覽。

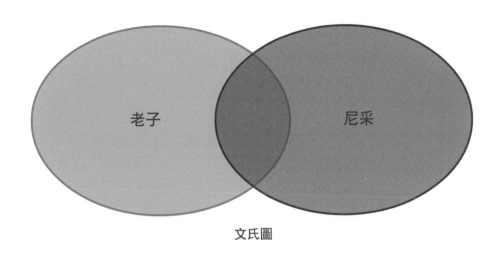

文氏圖

❷ 冰心通過《超人》展現出了愛的哲學，其中母愛、童真、自然是其"愛的哲學"的三個方面。請結合文本內容談一談，這種愛的哲學在文本中是如何體現的。

❸ 你覺得老子、尼采和冰心的哲學觀點各有哪些優點和局限？請結合生活中具體的例子，談談你的看法。

	優點	局限
老子		
尼采		
冰心		

❹ 冰心的"愛的哲學"也隨著自身的閱歷和經歷不斷深化，讀一讀冰心後期創作的小說《分》，談一談其中冰心"愛的哲學"的表現和特點與之前相比有什麼不同。反思：一個人的價值觀是固定的，還是可以改變的？

分析 / 評論

❶ 作者使用了哪些人物描寫手法來塑造 "何彬" 這一人物形象？效果如何？

（參考單元一知識鏈接：人物描寫手法）

❷ 談談在文本中使用書信的作用。

❸ 小說《超人》中既有敘事、抒情，又有哲理的表達。小說的抒情成分重於情節設置和人物刻畫，你覺得這種寫法有哪些好處和局限？請從文本中找出相應的例子解釋你的觀點。

 創作

❶ **創意寫作**：如果你是何彬，你會怎樣給 "祿兒" 回信？

❷ **創意寫作**：許子東在《重讀 20 世紀中國小說》中提出，"冰心當初和魯迅一樣，試圖從人心的角度探討社會問題。魯迅和冰心分頭塑造了兩個人物：一個是抵抗絕望的狂人，最後抗爭失敗；一個是被溫情感動的超人，最後不再孤獨。這是 '五四' 文學理解人性的兩個夢想。而現代文化工業也有不少超人系列，例如《蜘蛛俠》《蝙蝠俠》等。這些超人同時兼有超越常人的能力，冷靜、智慧，和常人的溫和、可笑、癡情。"[1]

請以《超人》為題，充分運用人物描寫手法，創作一篇小說或一部漫畫。（參考單元一知識點鏈接：人物描寫手法）

---

1 許子東：《重讀 20 世紀中國小說》，上海三聯出版社，2021 年 9 月第一版，第 139 頁。

❸ 議論："沒有人是一座孤島。" 你同意這句話嗎？請寫一篇文章支持或反對這個觀點。你必須寫出一篇具有說服力的論述，說明你為什麼同意或不同意這個觀點。

❹ 小冊子：每年的 4 月 2 日是世界提高自閉症 / 孤獨症意識日。請製作一個小冊子，提高人們對孤獨症的認識，並對如何幫助孤獨症患者提出建議。

課文 2　回應概括性寫作

 導入活動

你參加過補習班嗎？假如你要報名參加補習班，下面的廣告語裏哪一條最吸引你？請你也為補習班設計一條廣告語：

寒暑假正在搶位報名，連報優惠多！

現今最炙手可熱補習天后授課！

因材施教

頂尖學歷！最強名師！

為每一位學生量身打造個性化輔導方案！

品牌信譽！讓佳績說話！

XX 教育，綻放滿分光芒！

你的廣告語：＿＿＿＿＿＿＿＿＿＿＿＿＿＿＿＿＿＿＿＿＿＿＿＿＿＿＿＿＿＿＿＿＿＿＿

短文一[1]

香港補習文化之所以為人熟悉，應該是因為那些補習老師授課時所塑造的熱情激昂的形象，亦可能是因為比起學校老師，他們更能讓學生記得學習重點，幫助學生預測考試出題趨勢，教導學生能夠快速解題的技巧等。近年來，我們到處都可以見到越來越多的名師補習廣告，聲稱可以幫助學生考取佳績，所以上他們的課是價有所值。2017 年，接近七成應屆考生平均每月都在補習上投入 3.5 小時和 1000 港元。香港大學的研究團隊就補習議題進行訪問，其中 1600 名年輕人表示他們並不肯定補習能夠幫助到學生，但他們認為補習給他們帶來了安全感。李同學是一名大學生，在經過 4 年經濟科補習後，他說補習課程對他有幫助，因為補習老師比起學校老師將理論解釋得更清晰，而且更專注於考試。

短文二[2]

補習在香港已有四十多年歷史，它不僅是一門生意，更成為我們生活的一部分，成為一種獨特的文化。香港人普遍存有"怕蝕底"[3]的心理，當父母看到其他家長帶子女到補習社，或

---

1 改編自《為什麼補習文化會在香港盛行？》：https://www.icecreamtutor.com/post/ 為什麼補習文化會在香港盛行？
2 改編自《論今香港補習文化》：http://msss.ust.hk/forum/showthread.php?tid=36365。
3 蝕底：粵語，意為吃虧。

學生們眼見同學們去補習，自然地起了"人補我補"的羊群心理。此外，在"即食文化"的潮流下，學子們都想尋找捷徑，用最省時、最方便的方法考取好成績。其實，補習的重要性在於"補充學習"，為莘莘學子補充他們在常規課堂中未能完全掌握的知識，甚至擴闊知識。可惜的是，在現今發展過度蓬勃的補習文化的影響下，學生養成了一種依賴心態，以為要有好成績，就必須依靠某某補習名師，而忽略了自身的努力和根基。另一弊處是令學生的思想僵化，未能靈活變通地活用知識。學生會把模擬試題比作"聖經"，對它們拚死研究，只懂得囫圇吞棗。

【活動一】理解詞語

根據文中語境，猜測以下詞語的意思，然後用詞典 / 電子詞典搜索其正確的含義。

塑造、激昂、趨勢、佳績、價有所值、莘莘學子、蓬勃、靈活變通、囫圇（hú lún）吞棗

【活動二】尋找事實、想法與意見

事實信息：關於事情的真實情形的信息

想法信息：對事物或問題所持看法的信息

意見信息：對某種想法表達意見的信息

從短文一和短文二裏尋找事實、想法和意見信息：

事實信息	想法信息	意見信息
例：香港大學的研究團隊就補習議題進行訪問，其中 1600 名年輕人表示他們不肯定補習能夠幫助到學生。 · · ·	例：另一弊處是令學生的思想僵化，未能靈活變通地活用知識。 · · ·	例：香港補習文化之所以為人熟悉，應該是因為那些補習老師授課時所塑造的熱情激昂的形象。 · · ·

【活動一】調查世界各地的補習班

　　長期以來，世界各地的教育中都有補習班現象的存在。請上網尋找兩個國家 / 地區的補習班開設情況，然後做一個簡單的筆記，記錄當地補習班的特點，可以包括課程、規模、政策、生源、費用等等：

```
┌─────────────────────────────┐
│         的補習班情況筆記：     │
│  _____ │
│  _____ │
│  _____ │
│  _____ │
│  _____ │
│  _____ │
│  _____  ✎ │
└─────────────────────────────┘
```

```
┌─────────────────────────────┐
│         的補習班情況筆記：     │
│  _____ │
│  _____ │
│  _____ │
│  _____ │
│  _____ │
│  _____ │
│  _____  ✎ │
└─────────────────────────────┘
```

價值觀念

【活動二】思考與討論

調查了這些關於補習班的情況後，你對補習班的觀點有沒有變化？請你介紹一下。

 分析／評論

請根據表格裏的不同角色和受眾，改寫短文一和短文二裏的信息。

原文："我們到處都可以見到越來越多的名師補習廣告，聲稱可以幫助學生考取佳績，所以上他們的課是價有所值。"

	受眾1：學生朋友	受眾2：家長
你的角色1： 學生	我們到處都可以見到名師補習廣告，他們都說可以幫我們考出好成績，所以好像上他們的課是值得的。	
你的角色2： 學校老師		
你的角色3： 補習班諮詢工作人員		您應該可以見到許多我們補習班名師的廣告，他們都可以幫助您的子女考取佳績，選擇我們的課程絕對價有所值。

創作

回應概括性寫作 / 指導式寫作練習

❶ 你是一個香港中學生，你的朋友問你是否應該報補習班。請寫一封 250－350 字的郵件，談談你的觀點，並給他 / 她一些建議。內容包括：

a. 香港補習班的情況

b. 介紹補習班的優點和缺點

c. 應該怎樣看待補習班

收件人：xxxx@xmail.com

發件人：yyyy@ymail.com

主題：...

時間：yyyy 年 mm 月 dd 日 hh 時 mm 分

正文

祝……

署名

❷ 你是一名學校老師，有很多家長和學生向你諮詢關於補習班的看法。請你利用短文一和短文二的信息，寫一篇校刊文章，談談你對補習班的看法。內容包括：

a. 補習班的情況

b. 學生在課外參加補習班的優點和缺點

c. 應該怎樣看待補習班

標題

作者署名

必須用短文一和短文二中的信息為輔助內容進行寫作，字數必須在 250－350 字之間。請根據以上寫作要求，先完成下面的提綱表格。

寫作的目的是什麼？	
使用什麼格式？	
寫給誰？	
主要內容是什麼？	
應寫多少字？	
我能對應問題 a 找到文章裏的信息	
我能對應問題 b 找到文章裏的信息	
我能對應問題 c 找到文章裏的信息	

自評

以下信息應該分別對應哪個問題？請把信息編號填入相應的空格：

題號	信息
a.	
b.	
c.	

1. 補習老師授課時所塑造的熱情激昂的形象 / 補習不僅是一種生意，更成為一種獨特的文化

2. 香港補習班已有四十多年的歷史 / 為人所熟悉

3. 補習班更能讓學生記得重點 / 理論解釋更清晰

4. 父母和學生看到其他家長和同學們去補習，自然有了"人補我補"的羊群心理

5. 補習給學生帶來安全感

6. 補習班幫助學生預測考試出題趨勢 / 更專注於考試

7. 補習名師廣告聲稱價有所值

8. 教導學生快速解題技巧 / 即食文化的潮流下，學生們都想找捷徑 / 用最省時最方便的方法來考取好成績

9. 接近七成應屆考生平均每月都在補習上投入 3.5 小時和 1000 港元

10. 補充學生們在常規課堂中未能完全掌握的知識

11. 擴闊知識

12. 學生養成了依賴心態，以為要有好成績就必須依靠補習名師

13. 學生忽略了自身的努力和根基

14. 令學生思想僵化 / 不能靈活變通地活用知識 / 把模擬試題比作"聖經"

15. 只懂得囫圇吞棗

課文 3　議論／思想批判

 導入活動

你聽說過 "雨果" 嗎？你知道 "伏爾泰" 是誰嗎？

1878 年，在伏爾泰逝世一百週年的紀念活動中，雨果發表的演講跨越時空，直至今日依然鼓舞、感動著我們。

下面有兩個活動，請你選擇其一，完成後和同學們分享：

- 請查找資料，給這個紀念活動製作一張海報，介紹參與嘉賓、展現活動的時代背景和意義。
- 如果你是活動的主持人，請你撰寫主持稿，請出演講嘉賓 "雨果先生"。

雨果《紀念伏爾泰逝世一百週年的演說》

1. 一百年前的今天，一顆巨星隕落了。但他是永生的。他走的時候有長壽的歲月，有等身的著作，還挑起過最榮耀的，也是最艱巨的責任，即培育良知，教化人類。他受到詛咒、受到祝福地走了：受到過去的詛咒，受到未來的祝福。先生們，這是榮譽的兩種美好的形式。在他彌留之際，一邊有同時代人和後代的歡呼和讚美，另一邊有對他懷有深仇大恨的舊時代洋洋得意的噓叫和仇恨。伏爾泰不僅是一個人，他是一個世紀。他行使過一個職能，他完成過一個使命。很顯然，他生來就被選定從事這件藉助他在命運的法則和自然的法則中最高尚的願望所完成的事業。他活過的八十四年，經歷了登峰造極的君主政體和曙光初現的革命時代。他出生的時候，路易十四還在統治，他死的時候，路易十六已經戴上了王冠。所以，他的搖籃

作者簡介：維克多·雨果（1802－1885），法國浪漫主義文學代表人物，19世紀前期積極浪漫主義文學運動領袖，法國文學史上卓越的作家。

雨果幾乎經歷了19世紀法國的所有重大事變，人道主義、反對暴力、以愛制"惡"等思想貫穿他一生的活動和創作。更令無數同行和讀者驚歎的，還有他長達60年的創作時期。雨果的創作品類繁多，包括26卷詩歌、20卷小説、12卷劇本、21卷哲理論著，合計79卷之多，其中代表作有《鐘樓怪人》《九三年》《悲慘世界》等。

映照著王朝盛世的餘暉，他的靈柩投射著大地深淵最初的微光。（鼓掌）

2. 各位先生，在大革命前，社會的建築是這樣的：下邊，是人民；人民的上面，是由神職人員代表的宗教；宗教的一邊，是由法官代表的司法。

3. 而在那個階段的人類社會，人民是什麼？是無知。宗教是什麼，是不寬容。司法是什麼？是沒有公正。

4. 於是，伏爾泰啊，你發出厭惡的吶喊，這將是你永恆的光榮！（爆發出掌聲）

5. 於是，你開始和過去打一場可怕的官司。你為人類的訴訟案辯護，駁斥暴君和兇神，你勝訴了。偉大的人物，你要永遠受到祝福！（新的掌聲）

6. 伏爾泰直接面對這種輕薄無聊而又悽慘憂鬱的社會，獨自一人，眼前是各種力量的聯合，宮廷、貴族、金融界；這支不自覺的力量，是盲目的一大群人；這批無惡不作的法官，他們媚上欺下，俯伏於國王之前，凌駕於人民之上（喝彩）；這批虛偽、狂熱、陰險兼而有之的神職人員，伏爾泰，我再說一遍，獨自一人對這個社會一切醜惡力量的大聯合，對這個茫茫的恐怖世界宣戰，他接受戰鬥。他的武器是什麼？這武器輕如和風，猛如雷電——一支筆。（鼓掌）

7. 他用這武器進行戰鬥，他用這武器戰勝敵人。

8. 伏爾泰戰勝了敵人。他孤軍奮戰，打了響當當的一仗。這是一場偉大的戰爭，是思想反對物質的戰爭，理智反對偏見的戰爭，正義反對非正義的戰爭，被壓迫者反對壓迫者的戰爭，是仁慈的戰爭，溫柔的戰爭。伏爾泰具有女性的溫情和英

雄的怒火，他具有偉大的頭腦和浩瀚無際的心胸。（喝彩）

9. 他戰勝了古老的法典、陳舊的教條。他戰勝了封建的君主、中世紀式的法官、羅馬天主教式的神甫。他把人的尊嚴賦予黎民百姓。他教導人、安撫人、教化人。他為西爾旺和蒙巴伊鬥爭，如同他為卡拉斯和拉巴爾鬥爭；他承受了一切威脅，一切侮辱，一切迫害，污衊，流亡。他不屈不撓，堅定不移。他以微笑戰勝暴力，以嘲笑戰勝專制，以譏諷戰勝宗教的自以為是，以堅毅戰勝頑固，以真理戰勝愚昧。

10. 我剛才用過兩個字，微笑，我說一下。微笑，就是伏爾泰。

11. 各位先生，我們要這樣說，因為，平靜是這位哲學家偉大的一面，平衡的心態在伏爾泰身上最終總會重新確立。不論他正義的憤怒多大，總會過去，惱羞成怒的伏爾泰總會讓位於心平氣和的伏爾泰。於是，從這深邃的雙目裏露出了微笑。

12. 這是睿智的微笑。這微笑，我再說一遍，就是伏爾泰。這微笑有時變成放聲大笑，但是，其中蘊涵有哲理的憂傷。對於強者，他是嘲笑者；對於弱者，他是安撫者。他使壓迫者不安，使被壓迫者安心；他以嘲笑對付權貴，以憐憫安撫百姓。啊！我們應為這微笑感動。這微笑裏含有黎明的曙光。它照亮真理、正義、仁慈和誠實；它把迷信的內部照得透亮，這樣的醜惡看看是有好處的，它讓醜惡顯示出來。它有光，有催生的能力。新的社會，平等、讓步的慾望和這叫做寬容的博愛的開始，相互的善意，給人以相稱的權利，承認理智是最高的準則，取消偏見和成見，心靈的安詳，寬厚和寬恕的精神，和諧，和平，這些都是從這偉大的微笑中出來的。

13. 各位先生，只有希臘、意大利和法蘭西享有以人物來命名時代的特權，這是文明最高的標誌。在伏爾泰之前，只有以某些國家領袖的名字來命名時代的先例；伏爾泰比國家領袖更重要，他是思想的領袖。到伏爾泰，一個新的紀元開始了。我們感到，從今以後人類最高的統治權力將是思想。文明過去曾服從武力，文明以後將服從思想。權杖和刀劍已告折斷，光明將取而代之，也就是說權威變成自由。再也沒有別的最高權力，人民只有法律，個人只有良心。對於我們每個人來說，進步的兩個方面很清楚地顯示出來，這就是：做一個人，我們要行使自己的權利；做一個公民，我們要恪盡職守。

14. 讓我們轉身望著這位逝者，這個生命，這個偉大的精神。讓我們在這令人肅然起敬的墓前鞠躬。讓我們向這個人討教，他有益於人類的生命在一百年前已經熄滅，但他的作品是不朽的。讓我們向其他強有力的思想家討教，向這些光榮的伏爾泰的助手們討教，向盧梭、向狄德羅、向孟德斯鳩討教。讓我們與這些偉大的聲音共鳴。要制止人類再流血。夠了！夠了！暴君們。啊！野蠻還在，好吧，讓哲學抗議。刀劍猖狂，讓文明憤然而起。讓18世紀來幫助19世紀。我們的先驅哲學家們是真理的倡導者，讓我們乞求這些傑出的亡靈：讓他們面對策劃戰爭的君主王朝，公開宣佈人的生命權，良心的自由權，理性的最高權威，勞動的神聖性，和平的仁慈性。既然黑夜出自王座，就讓光明從墳墓裏出來！（全體一致的經久不息的歡呼。從四面八方高呼："維克多·雨果萬歲！"）

1878 年 5 月 30 日

 理解

【活動一】理解詞語

隕落	著作等身	彌留之際	深仇大恨	登峰造極	餘暉	靈柩	輕薄無聊	媚上欺下	浩瀚無際
污衊	惱羞成怒	心平氣和	睿智	蘊涵	憐憫	曙光	寬恕	恪盡職守	肅然起敬

❶ 請在語境中理解以上詞語,用自己的語言作出解釋。

❷ 請查閱字典,明確以上詞語的正確讀音和含義。

❸ 請選擇其中 4 個詞語,簡單概述文本的部分內容。

【活動二】閱讀文本

請選擇文中最能打動你的一段文字,朗讀並錄音,並在錄音的結尾說明打動你的原因。

【活動三】結構梳理

整個演講可以分為幾個層次?請以樹狀圖展示全文的結構。

【活動四】小組討論 / 個人反思

❶ 雨果稱伏爾泰代表 "一個新紀元的開始",請盡量用原文中的詞語來形容這是一個怎樣的 "紀元",說說文中有哪些語句呼應了這句評價。

❷ 請解釋 "他受到詛咒,受到祝福地走了:受到過去的詛咒,受到未來的祝福" 中 "詛咒" 和 "祝福" 分別指的是什麼?

❸ 根據課文填空：

他 ＿＿＿＿＿＿＿，堅定不移。他以 ＿＿＿＿＿＿ 戰勝暴力，以 ＿＿＿＿＿＿ 戰勝專制，以 ＿＿＿＿＿＿ 戰勝宗教的自以為是，以 ＿＿＿＿＿＿ 戰勝頑固，以 ＿＿＿＿＿＿ 戰勝愚昧。

❹ 你如何理解結尾最後一句——"既然黑夜出自王座，就讓光明從墳墓裏出來！"？請查找英文譯本或法文原文，比較中文的翻譯是否得當，並說明理由。

❺ 請討論文中括號內的文字是否有意義，體現了演講詞何種特點，對於我們理解演講詞有何幫助。

回應

【活動一】聯繫實際生活

請在文中找到以下語段，結合實際生活中的一個例子，談談你的理解。

再也沒有別的最高權力，人民只有法律，個人只有良心。對於我們每個人來說，進步的兩個方面很清楚地顯示出來，這就是：做一個人，我們要行使自己的權利；做一個公民，我們要恪盡職守。

具體步驟：

❶ 解釋這一段話在文中的含義，並說明它在文章結構中的作用；

❷ 描述具體實例，包括時間、地點、人物和活動，既要客觀，也要有細節；

❸ 結合現實語境，談談這一段話在今天是否仍有價值。

價值觀念

【活動二】品味高尚人格

雨果大力讚揚了伏爾泰的高尚人格，稱讚他用"睿智的微笑"戰勝了"權貴和壓迫者"。

❶ 請你用自己的語言來形容這是一種怎樣的"微笑"。

❷ 這樣類似的"微笑"，你在現實生活中見到過嗎？請簡單描述自己的所見所聞。

❸ 從雨果描述中，我們能感受到伏爾泰怎樣的人生觀和價值觀？

 分析 / 評論

【活動一】分析演講詞的特點

亞里士多德在《修辭學》中將演說分為：a. 議事類演說（勸告或勸阻，直陳利弊）；b. 法庭類演說（指控或辯護，伸張正義）；c. 公眾類演說（頌揚或譴責，傳遞價值）。按此劃分，本文屬於 ＿＿＿＿＿＿＿。

請根據演講詞的特點，找出文本中對應的字詞句，並分析其作用。

演講詞的文體特徵	對應原文	作用分析
針對性： • 提出了聽眾關心的的問題； • 演講內容符合特定的場合 / 活動的需要。		
鼓動性： • 善用修辭、用詞精當、句式富有節奏，能帶動聽眾的情緒； • 表達富有邏輯，能說服受眾接受他的觀點。		
獨特性： • 獨特的視角和立場，展現個人的價值觀念； • 獨特的表達方式，展現個人的風格。		

【活動二】小組討論 / 個人反思

閱讀《專訪｜陳力川：好的演說家都兼具歷史學家和詩人的氣質》[1]，體會並思考 "演說的力量"。陳立川教授介紹了哪些演講的特徵和要素？雨果的演講是如何體現 "演說的力量" 的？

在此基礎上，請以小組為單位，從雨果的演講中選擇與價值觀念相關的話題，設計一個 "雨果專訪"，以現場表演的形式將討論與反思結果展示給同學。

 創作

❶ **記敘與描寫**：請觀看電影《悲慘世界》[2] 片段，圍繞某一種價值觀念，選擇一個人物 / 場景進行創意改編。

❷ **議論**：為了準備學校舉辦的 "生命教育月" 活動開啟儀式上的演講，請你撰寫一篇題為《生命高於一切》的演講稿。

❸ **討論**：北大教授錢理群曾這樣評價當代的名校大學生："他們高智商，世俗，老到，善於表演，懂得配合，更善於利用體制達到自己的目的。" 這樣的青年被稱為 "精緻的利己主義者"。

很多人說，這是由於社會競爭激烈，年輕人擔負了父母、家庭、社會的巨大期望，承受巨大壓力；也有人說，因為身邊的同學們都是如此，從眾心理是年輕人最難避免的，是一種自我保護的需要；還有人說，貧富懸殊、階層固化，年輕人發展的通道和空間越來越狹小，社會不提供給年輕人機會，怎麼能說是年輕人自私呢？

請你就以上現象和觀點加以討論，文章必須包括以下幾點：

★ 個人觀念是如何受到社會文化和經濟發展的影響的？

★ 價值觀念是如何影響個體行為和社會發展的？

★ 個人和群體的關係如何？

1　文章源自 "澎湃新聞"，https://www.sohu.com/a/464472333_260616，2022 年 7 月 13 日瀏覽。
2　參見電影《悲慘世界》*At the End of the Day* 片段：https://v.qq.com/x/cover/5scbbd2u68gppo1/y00115m5ww9.html，2022 年 7 月 13 日瀏覽。

課文 4　文言文

王守仁《節庵方公墓表》[1]

陽明子曰：“古者四民[2]異業而同道[3]，其心盡焉[4]，一也[5]。士以修治[6]，農以具養[7]，工以利器[8]，商以通貨[9]，各就其資之所近，力之所及者而業焉，以求盡其心[10]。其歸要在於有益於生人之道，則一而已。[11]士農以其盡心於修治具養者，而利器通貨，猶其[12]士與農也；工商以其盡心於利器通貨者，而修治具養，猶其工與商也。故曰：四民異業而同道。……自王道[13]熄而學術乖，人失其心[14]，交騖於利[15]，以相驅軋[16]，於是始有歆士而卑農[17]，榮宦遊而恥工賈[18]。”

作者簡介： 王守仁（1472—1529），字伯安，號陽明，浙江餘姚人，生於官宦世家，父親王華是明代成化年間的狀元。王守仁官至都察院左都御史，因平亂有功，成為明代憑軍功封爵的三位文臣之一，是著名的哲學家和軍事家。他繼承發揚了儒家思想，反對盲目尊古，提出“致良知”的思想，提倡通過自我反省，達到明辨是非、知行合一、昭明天理的狀態，其思想見於《王成文公全書》。

寫作背景： 學者們對本文的寫作背景和面世時間有不同的意見，傳統上認為是明嘉靖四年（1525 年）王陽明為棄儒經商的方麟寫的。方麟做過官，後來辭官跟隨妻子的娘家人從商並致富。此後曾重返官場，因為看不慣官員“不肯作為”、為蠅頭小利互相爭鬥的風氣，很快又棄官從商了。不過，他的兩個兒子都舉進士並做了官。

明代江浙地區的商業經濟已經十分發達，人們對商人的看法也發生了改變。在這個大背景下，王陽明提出“四民平等”的思想，逐漸改變了人們輕視工商業的態度，例如明末清初、以陽明傳人自居的思想家黃宗羲在《明夷待訪錄》中就提出了“工商皆本”的口號。

註釋

[1] 墓表，指墓碑，豎於墓前或墓道內，用來表彰死者。

[2] 古者：古代。四民：士人、農民、工匠、商人，共四類人。

[3] 異業而同道：異業，指不同的職業。同道：目標相同，道理一致。

[4] 其：代詞，他們，指四民。盡：盡力。焉：助詞，用於句末，表示陳述語氣，不用翻譯。

[5] 一：一樣。也：助詞，用於句末，不用翻譯。

[6] 士以修治：士，指士人、讀書人、士大夫。以：介詞，通過。修治：修身養性，治理國家。

[7] 具養：種植養育。

[8] 利器：製作精良的器物。

這種説法源自春秋時期齊國的政治家管仲,他説:"士農工商四民者,國之石民也。"意思是説這四種行業以及從事這四種行業的人都是國家的基石。

周朝以後,商人的地位逐漸降低。在重視軍功和農業生產的秦朝,商人被視為倒買倒賣、囤積居奇、破壞國運的蛀蟲。漢朝時期,為了刺激更多人參與農業生產、增加糧食產量,還對商人徵收雙倍賦稅,規定商人及其子孫不得當官,禁止商人穿綾羅綢緞、乘車騎馬,剝奪他們的話語權,降低他們的社會地位。至於工匠,同樣是因為不能建立軍功和增加糧食產量而被統治者降低了社會地位。

到了明清時期,商人的地位才逐漸提高。明初,百業待興,政府允許捐官,又在各地修橋築路,開鑿運河,興建驛館,中外的貿易活動變得方便和頻繁,規模也逐漸擴大。雖然要交付重稅,但商人的影響力也逐漸擴大。顧炎武在《天下郡國利病書》中説:"正德末,嘉靖初,商賈既多,土田不重。"真實地反映了當時棄農從商的狀況,大眾價值觀的改變也可見一斑。

這是古漢語常見的語言現象,包括:名詞／形容詞／數詞用作動詞、名詞作狀語、使動用法和意動用法等類型。例如:《記李歌》中,"不脂澤,不葷肉",名詞"脂澤、葷肉"作動詞用,解釋為"濃妝豔抹、吃葷腥食物"。另外,"賊悦李有殊色,欲殺其夫而妻之"為意動用法,解釋為"把……當作老婆"。《節庵方公墓表》中,"歆士而卑農",形容詞"卑微"作動詞用,解釋為"看不起、鄙視"。此外,"榮宦遊而恥工賈"為使動用法,解釋作"以……為榮,以……為恥。"

[9] 通貨:流通貨物。

[10] 之:助詞,用在主謂之間,不用翻譯。者:助詞,無實義。而:連詞。業:動詞,從事職業,選擇工作。以:連詞,表示承接關係,可譯為"而",也可省去。

[11] 歸要:要旨,指重要的意旨。生人之道:百姓的生活。則一而已:則是一致的。

[12] 猶其:就好像。在此,作者反覆強調職業不分貴賤,不論從事什麼職業,都應全心全意為百姓服務。

[13] 王道:施行仁義的治國政策。

[14] 心:良心。

[15] 交騖(wù)於利:爭相追逐利益。

[16] 驅軼(yì):驅,策馬前進。軼:超車。比喻互相競逐、攀比。

[17] 歆(xīn):羨慕。士:讀書人、士大夫。卑:看不起。

[18] 宦遊:做官的人。工賈(gǔ):工匠和商人。

🅰 理解

【活動一】鞏固文言文字詞理解

❶ 下列畫線詞語是什麼意思?把答案選項圈起來。

各<u>就</u>其<u>資</u>之<u>所</u><u>近</u>,力之<u>所</u>及者而<u>業</u>焉,以求盡其心。

1)就:A. 就是　　B. 根據　　C. 遷就

2)資:A. 資源　　B. 資本　　C. 資質稟賦

3)所:A. 名詞　　B. 量詞　　C. 助詞,放在動詞前

4)近:A. 形容詞,與遠相反

　　　B. 副詞,差不多／將近

　　　C. 動詞,靠近／相似

5)業:A. 職業　　B. 從事某種職業　　C. 業績

❷ 下列畫線詞語是什麼意思？把答案寫在（　　　）內。

1）王道熄而學術乖。（　　　　）、（　　　　）

2）於是始有歆士而卑農，榮宦遊而恥工賈。（　　　　）、（　　　　）

❸ "而" 字作為連詞，可表示不同的句子關係，請判斷下列句子中，"而" 連接的前後部分屬於什麼關係，把英文代號寫在（　　　）內。

| A. 並列　　B. 承接　　C. 轉折　　D. 遞進　　E. 因果　　F. 修飾 |

1）歆士而卑農。（　　）

2）異業而同道。（　　）

3）王道熄而學術乖。（　　）

4）各就其資之所近，力之所及者而業焉。（　　）

❹ 將句中虛詞 "以" 的意思寫在（　　　）中。

1）士以修治：（　　　　　　　）

2）以盡其心：（　　　　　　　）

3）以相驅軼：（　　　　　　　）

【活動二】個人反思 / 小組討論

❶ 古人把職業分為哪四類？

❷ 作者認為從事不同職業的人都有一個共同的目標，這個目標是什麼？

回應

【活動一】個人反思

作者認為是"王道熄而學術乖"導致社會形成了"萬般皆下品，唯有讀書高"的觀念，你是否認同作者的觀點？為什麼？

【活動二】聯繫生活

當今社會仍存在著對職業的刻板印象或歧視，請先舉例說明，再簡單分析是什麼原因導致這些現象的出現。

 分析／評論

❶ 作者採用了哪種寫作手法來說明職業不分貴賤？這種寫作手法成功嗎？

❷ 排比和對偶在文中起到了怎樣的作用？

 創作

倡議書

· **情境：** 在你的個人博客上寫一篇倡議書，呼籲大眾對從事不同職業的人員一視同仁。

· **要求：** 倡議書一般是出於責任感和正義感而寫的，內容包括標題、稱呼、正文、署名、日期五部分，可就一起單一事件或一個普遍問題發出倡議。要先陳述不合理的現象和問題，再呼籲大眾應該如何行動。語言宜簡潔、通俗，態度應真誠可信，曉之以理，動之以情，才能使文章產生效用。

| 外賣 | 清潔工 | 殯儀工作《人生大事》劇照 | 農民工 | 小區保安 |

課文 5　文學作品——詩歌

導入活動

　　常言道："耳聽為虛，眼見為實。"然而在實際生活中，我們對同一個事物的看法並不全然相同，有人愛之如狂，有人避之不及，正所謂"甲之蜜糖，乙之砒霜"。

　　請和你的同學討論以下事物，用一些形容詞表達你對這些事物第一眼的感受，大家是一致的還是矛盾的？請與全班分享並說明理由。

事物	竹	烏鴉	太陽	黑夜
感受				

篇目一

作者簡介： 杜甫（712—770），字子美，號少陵野老，世稱杜工部、杜少陵等，與李白齊名。他心繫蒼生，胸懷國事，作品以寫實著稱，如《望嶽》《登高》《春望》等，被後世尊稱為"詩聖"。早年詩歌明朗開闊，中年應試不第，仕途不順，又值國運衰敗，寫作風格逐漸變得渾樸沉鬱。從"中國最偉大詩人"到走紅網絡，杜甫真的"很忙"，BBC也在2021年拍攝了大型歷史紀錄片《杜甫》。一時間，無人不識杜甫，無人不讀杜甫；一時間，有褒揚，也有質疑。不論時代如何流轉，杜甫還是那個憂國憂民，寫"三吏三別"揭示戰爭對平民傷害的杜甫；還是那個即使宦海沉浮、顛沛流離，卻始終胸懷大志的杜甫。他用詩歌吶喊國運與民生，贏得了萬世稱頌。在唐代，杜甫以自己的性情、人格、心志和對時代及自我的生命存在去體驗，我們也要帶著這份情懷去閱讀、去理解杜甫這個"人"、他的"詩"以及"時代"情境，因而愛之敬之，終而書之。

嚴鄭公[1] 宅同詠竹

【唐】杜甫

綠竹半含籜[2]，新梢[3]才出牆。

色侵書帙[4]晚，陰過酒樽[5]涼。

雨洗娟娟[6]淨，風吹細細香。

但[7]令無翦[8]伐，會見拂雲長。

註釋：

[1] 嚴鄭公：即嚴武，受封鄭公。

[2] 籜（tuò）：筍殼。含籜，嫩竹上還包裹著筍殼。

[3] 梢（shāo）：樹枝的末端。新梢，剛剛長出來的枝條末端。

[4] 帙（zhì）：包書的布套。書帙，書套。

[5] 樽（zūn）：古代盛酒的器具。

[6] 娟娟：美好的樣子。

[7] 但：只

[8] 翦（jiǎn）：同"剪"。

於潛[1] 僧[2] 綠筠軒[3]

【宋】蘇軾

寧可食無肉，不可居無竹。

無肉令人瘦，無竹令人俗。

人瘦尚可肥，士俗不可醫。

旁人笑此言，似高還似癡。

若對此君[4] 仍大嚼[5]，世間那有揚州鶴[6]？

作者簡介：蘇軾（1037—1101），字子瞻，號東坡居士，北宋著名文學家、書法家、畫家、北宋中期文壇領袖。文學才華讓他脫穎而出，然而卻未能讓他在政治飄搖中得以保全，反而因政見不同而屢次被貶。蘇軾散文行文流暢、縱橫恣肆，與歐陽修並稱“歐蘇”，為“唐宋八大家”之一；詩歌立意廣闊，或豪放或婉約或放達，風格獨具，與黃庭堅並稱“蘇黃”，與辛棄疾並稱“蘇辛”；此外，蘇軾還擅長書畫，為“宋四家”之一。代表作頗多，有《江城子》、《念奴嬌》、《赤壁賦》（前後二首）、《水調歌頭》等耳熟能詳的詩文名篇，也有流落海外、價值千金，被各大博物館爭相收藏的書畫珍品。

註釋：

[1] 於潛：地名，在今浙江省臨安市境內。

[2] 僧：名孜，字惠覺，在寂照寺出家為僧。

[3] 綠筠軒：在於潛縣南的寂照寺內；軒：有窗的長廊或小屋。

[4] 此君即是竹子，典故出自王徽之。王徽之酷愛竹子，有一次在朋友家借住時也命人種竹，人問其故，他說：“何可一日無此君。”

[5] 大嚼：語出曹丕《與吳質書》：“過屠門而大嚼，雖不得肉，貴且快意。”

[6] 揚州鶴：語出《殷芸小說》，故事的大意是，有客相從，各言所志，有的想當揚州刺史，有的願多置錢財，有的想騎鶴上天成為神仙。其中一人說，他想“腰纏十萬貫，騎鶴上揚州”，兼得升官、發財、成仙之利。

作者簡介：胡適，1891 年生於
江蘇省松江府川沙縣（今上海市
浦東新區），1962 年在台北病
逝。中國現代思想家、文學家、哲
學家。

學術歷程：

・1910 年，赴美國康奈爾大學留
學，師從哲學家約翰·杜威。

・1917 年，回國受聘北京大學
教授。

・1918 年，加入《新青年》編輯部。

・1919 年，出版論著《中國哲學
史大綱》。

・1920 年，出版白話詩集《嘗
試集》。

政治經歷：

・民國二十七至三十一年（1938–
1942 年），出任駐美大使。

・民國三十五至三十七年（1946–
1948 年），任北京大學校長。

・1949 年前往美國。1952 年，擔
任聯合國教科文組織世界人類科
學文化史編輯委員會委員；同年，
應邀返台灣講學。

創作背景：這首詩歌創作於新文
化運動受到封建舊勢力激烈反對
的時期，新文化運動的倡導者面
臨著三條道路的抉擇：或是繼續
鬥爭，或是偃旗息鼓，或是投向
封建陣營。胡適當時在反對封建
主義舊思想、舊文化傳統時立場
堅定、態度堅決。

這首寫於 1917 年 12 月 11 日，胡
適藉此明確宣佈自己的人生觀和
文學主張。

老鴉

胡適

（一）

我大清早起，

站在人家屋角上啞啞的啼，

人家討嫌我，說我不吉利；

我不能呢呢喃喃討人家的歡喜！

（二）

天寒風緊，無枝可棲。

我整日裏飛去飛回，整日裏又寒又飢。

我不能帶著哨兒，翁翁央央的替人家飛；

不能叫人家繫在竹竿頭，賺一把小米！

如果我不曾見過太陽

【美】艾米莉·狄金森

Had I not seen the sun

I could have borne the shade

But Light a newer Wilderness

My Wilderness has made

作者簡介：艾米莉·狄金森（Emily Dickinson，1830－1886），美國傳奇詩人，被視為19世紀現代主義詩歌的先驅之一。與之齊名的還有美國文學之父華盛頓·歐文，以及大家熟知的沃爾特·惠特曼。

狄金森的詩主要寫生活情趣、自然、生命、信仰、友誼、愛情。詩風凝練婉約，意象清新，描繪真切、精微，思想深沉、凝聚力強，極富獨創性。

她二十多歲便選擇斷絕社交，深居簡出，在孤獨中進行長達三十餘年的創作，大量創作深鎖於盒子裏，直至去世後才得以發表。在她有生之年，作品雖未能獲得青睞，然而眾人對她的不解與誤會，卻絲毫無法詆損她豐富的創作天分。

艾米莉驚人的創作力為世人留下了1800多首詩，其中較多運用讚美詩的格律，但又富於變化。通常每節四句，第一、三句八音節，第二、四句六音節，其中第二、四句押韻。

譯本一：

如果我不曾見過太陽

那我便可以忍受黑暗

但那光照亮新的荒野

將我心中的荒蕪造就

譯本二：

我本可以容忍黑暗

如果我不曾見過太陽

然而陽光已使我的荒涼

成為更新的荒涼

譯本三：

假如我沒有見過太陽

我也許會忍受黑暗

可如今，太陽把我的寂寞

照耀得更加荒涼

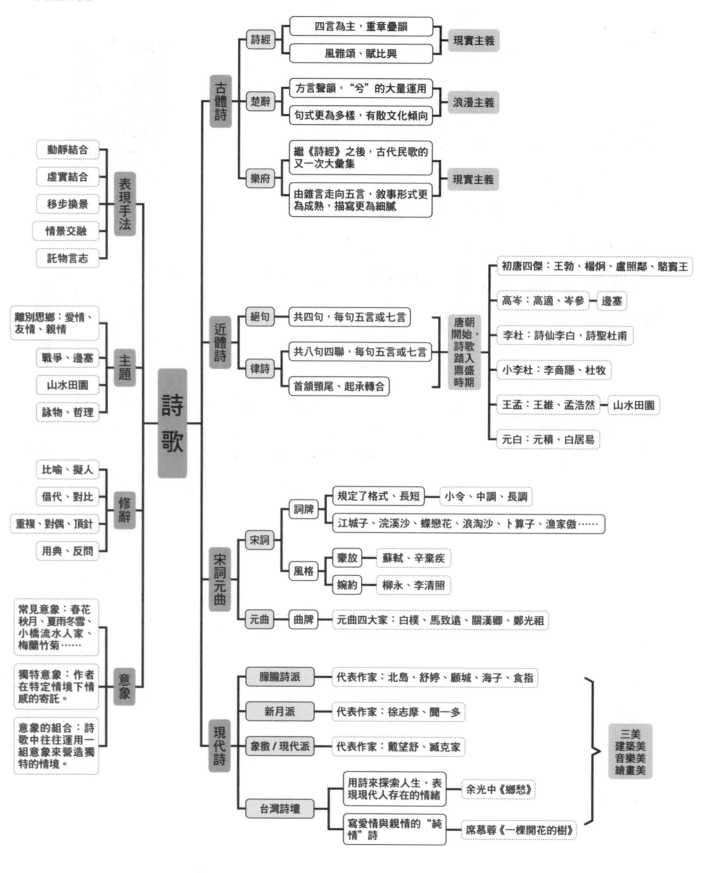

表現手法
- 動靜結合
- 虛實結合
- 移步換景
- 情景交融
- 託物言志

主題
- 離別思鄉:愛情、友情、親情
- 戰爭、邊塞
- 山水田園
- 詠物、哲理

修辭
- 比喻、擬人
- 借代、對比
- 重複、對偶、頂針
- 用典、反問

意象
- 常見意象:春花秋月、夏雨冬雪、小橋流水人家、梅蘭竹菊……
- 獨特意象:作者在特定情境下情感的寄託。
- 意象的組合:詩歌中往往運用一組意象來營造獨特的情境。

詩歌

古體詩
- 詩經
  - 四言為主,重章疊韻
  - 風雅頌、賦比興
  - 現實主義
- 楚辭
  - 方言聲韻,"兮"的大量運用
  - 句式更為多樣,有散文化傾向
  - 浪漫主義
- 樂府
  - 繼《詩經》之後,古代民歌的又一次大彙集
  - 由雜言走向五言,敘事形式更為成熟,描寫更為細膩
  - 現實主義

近體詩
- 絕句
  - 共四句,每句五言或七言
- 律詩
  - 共八句四聯,每句五言或七言
  - 首頷頸尾、起承轉合
- 唐朝開始,詩歌踏入鼎盛時期
  - 初唐四傑:王勃、楊炯、盧照鄰、駱賓王
  - 高岑:高適、岑參 — 邊塞
  - 李杜:詩仙李白,詩聖杜甫
  - 小李杜:李商隱、杜牧
  - 王孟:王維、孟浩然 — 山水田園
  - 元白:元稹、白居易

宋詞元曲
- 宋詞
  - 詞牌
    - 規定了格式、長短 — 小令、中調、長調
    - 江城子、浣溪沙、蝶戀花、浪淘沙、卜算子、漁家傲……
  - 風格
    - 豪放 — 蘇軾、辛棄疾
    - 婉約 — 柳永、李清照
- 元曲
  - 曲牌 — 元曲四大家:白樸、馬致遠、關漢卿、鄭光祖

現代詩
- 朦朧詩派 — 代表作家:北島、舒婷、顧城、海子、食指
- 新月派 — 代表作家:徐志摩、聞一多
- 象徵 / 現代派 — 代表作家:戴望舒、臧克家
- 台灣詩壇
  - 用詩來探索人生,表現現代人存在的情緒 — 余光中《鄉愁》
  - 寫愛情與親情的"純情"詩 — 席慕蓉《一棵開花的樹》
- 三美 建築美 音樂美 繪畫美

理解

【活動一】闡釋：詩歌意象 ——"竹"

　　請畫出你心中的竹子，並尋找三個形容詞來突出的竹子的植物屬性，請運用擬人/比喻將竹子人格化，展現一個優點和一個缺點，填入下方的兩個句子內，然後與同伴的進行對讀，將比較討論的結論在全班展示。

心中的竹子

三個形容詞

兩個句子

對讀討論

【活動二】識別：詩歌寫作手法

請判斷下列詩句中使用的表現手法，並說明此句在幫助我們理解詩歌主題方面的作用。

❶ "雨洗娟娟淨，風吹細細香。"

手法：＿＿＿＿＿＿＿＿＿＿＿＿＿＿＿＿＿＿＿＿＿＿＿＿＿＿＿＿＿＿＿＿

作用：＿＿＿＿＿＿＿＿＿＿＿＿＿＿＿＿＿＿＿＿＿＿＿＿＿＿＿＿＿＿＿＿

❷ "若對此君仍大嚼，世間那有揚州鶴？"

手法：＿＿＿＿＿＿＿＿＿＿＿＿＿＿＿＿＿＿＿＿＿＿＿＿＿＿＿＿＿＿＿＿

作用：＿＿＿＿＿＿＿＿＿＿＿＿＿＿＿＿＿＿＿＿＿＿＿＿＿＿＿＿＿＿＿＿

❸ "我不能帶著哨兒，翁翁央央的替人家飛；

　不能叫人家繫在竹竿頭，賺一把小米！"

手法：＿＿＿＿＿＿＿＿＿＿＿＿＿＿＿＿＿＿＿＿＿＿＿＿＿＿＿＿＿＿＿＿

作用：＿＿＿＿＿＿＿＿＿＿＿＿＿＿＿＿＿＿＿＿＿＿＿＿＿＿＿＿＿＿＿＿

【活動三】表達：個人口語練習

　　朗讀《假如我不曾見過太陽》的原文和三個版本的譯文，選擇你認為的一個最佳版本讀給全班聽，並闡述你對詩歌主題的理解。

 回應

【活動一】猜謎語

小時能吃味道鮮，老時能用聲名顯。挺拔虛心骨節硬，人唱讚歌多少年。（打一植物）

謎底是：＿＿＿＿＿＿＿＿＿＿＿＿＿＿＿＿＿＿＿＿＿＿＿＿＿＿＿＿＿＿＿＿

價值觀念

❶ 謎語突出了這個植物的哪些特點？

_____

❷ 文人雅士喜愛的並稱為 "四君子" 的植物有：

_____

❸ 這些植物為什麼會受到文人雅士的喜愛？反映了怎樣的文化價值觀？

_____

【活動二】觀看與討論

請觀看電視劇《覺醒年代》中胡適先生就 "白話文與白話詩" 的演講片段，以及與女學生討論詩歌的片段。[1]

❶ 簡單概述電視劇中的胡適具有怎樣的人格魅力，體現了怎樣的學術主張。

_____

_____

❷《老鴉》中的那個 "我" 有什麼特點？和電視劇中的胡適有哪些差異？體現出他何種人生觀和價值觀？

_____

_____

【活動三】分析與評價

中國著名詩人顧城的一句詩："黑夜給了我黑色的眼睛，我卻用它尋找光明"，抒發了一代人的心聲，寄託了一代人的理想與志向。黑夜、眼睛、光明，這都是我們日常所見和生活常態，而經過詩人的重組，運用看似相悖的轉折，展現出了一種奇妙的合理性。歷經 "黑夜" 後，我們對 "光明" 有了更為頑強的渴望與更為執著的追求。

1　參考鏈接：https://www.youtube.com/watch?v=uA8EHfDJifY。

請再次細讀狄金森的《如果我不曾見過太陽》，你覺得它與上文中顧城的詩有哪些異曲同工之處呢？請從"意象的選擇和組合"的角度談談你的看法。

 分析 / 評論

【活動一】小組辯論

❶ 辯題一：

正方：寧可食無肉，不可居無竹。

反方：寧可居無竹，不可食無肉。

❷ 辯題二：

正方：衣食無憂的籠中鳥更幸福。

反方：飢寒交迫卻能自由飛翔的烏鴉更幸福。

【活動二】比較分析

篇目一是杜甫的早期作品，尾聯"但令無翦伐，會見拂雲長"表達了希望嫩竹不要遭受摧殘，期待翠竹直沖雲霄。這與如今很多家長期待自己的孩子一生順遂，少經歷挫折的心理十分相似。也有人說這是杜甫的"干謁"之作，還期待獲得達官顯貴的賞識而出人頭地。

中年杜甫經歷安史之亂、懷才不遇，創作出堪稱"詩史"的"三吏三別"，道盡平民百姓的悲苦境遇；而到晚年，杜甫創作了另一首"七絕壓卷之作"《江南逢李龜年》，抒發了物是人非、大唐盛世不再的悲涼之感。

《江南逢李龜年》

岐王宅裏尋常見，崔九堂前幾度聞。

正是江南好風景，落花時節又逢君。

價值觀念

請查閱背景資料，結合這兩首作品，分析哪些因素導致了杜甫價值觀、人生觀的轉變，這些轉變是否影響了他的詩歌創作。

 創作

❶ **詩歌：**請選取一個事物，例如竹、烏鴉、黑夜或太陽，創作 1－2 首新詩。

❷ **描述：**請以《詠 _____》為題，寫一篇詠物的描寫文，綜合運用多種描寫手法，能夠通過描寫一個事物展現一種普世價值。

❸ **議論：**

胡適曾在給友人的一封信中寫道："我受了十餘年的罵，從來不怨恨罵我的人，有時他們罵得不中肯，我反替他們著急。有時他們罵得太過火了，反損罵者自己的人格，我更替他們不安。"

"容忍比自由還更重要！"——出自胡適之口，堪稱他的人生格言。你贊同胡適此種處事哲學嗎？請寫一篇議論文，要求觀點明確，具有說服力。

❹ **討論：**

詩人艾米莉·狄金森以離群索居著稱。從 25 歲開始，她就斷絕社交，每天大部分時間都在自己房間窗邊的一張小桌子上埋頭寫作，幾乎沒怎麼離開過家。

堪稱"宅家女王"的她拋棄了婚姻、孩子，甚至尋常的家庭天倫之樂，全身心地投入孤獨的寫作和思考中，甚至沒有參加自己父親的葬禮和追悼會。用她的話說，比起跟人的親密接觸，她更情願待在她的"監獄"裏。

她的表現大概就是我們現在所說的"社恐"吧！有人認為這不是壞事，就如狄金森一樣，享受孤獨反而促進了她的創作；但也有人認為這是一種病，這類人其實不是恐懼社交或者享受孤獨，更多的是因為害怕社會評價而逃避現實。

假如你是一位心理學家，請你為即將從事教育的師範大學畢業生做一個演講，引導他們正確對待具有社交恐懼症狀的學生。

你必須寫出以下幾點：

★ 從個體和群體兩方面探討 "社恐" 對個人發展的影響；

★ 圍繞 "社恐不是病" 議題，給中學老師提出幾點教育建議。

  反思

❶ 單元總結與反思

　　一個人看待事物的角度、日常的言行以及作出的重要決定往往與其價值觀密切相關，而一個人價值觀的形成深受其身處時代、國度和家庭的影響。然而，價值觀雖然相對穩定，但並不是一成不變的。在我們的生活中，小到購買一件產品，大到職業選擇、參與社會性活動，都存在各種價值觀之間的博弈。價值觀不同，往往作出的選擇也會不同。

❷ 個人反思

	我以前不知道，現在知道	我還想要知道
1. 什麼是價值觀？（F）		
2. 被世界認同的普世價值有哪些？（F）		
3. 價值觀是如何形成的？（C）		
4. 哪些因素影響了價值觀念的形成？（C）		

價值觀念

	我以前不知道，現在知道	我還想要知道
5.價值觀會影響個人行為及其社會關係嗎？（D）		
6.個人價值觀在多大程度上會受到社會主流價值觀的影響？（D）		
7.個人價值觀及其行為在多大程度上會影響社會主流價值觀的形成？（D）		
8.價值觀是固定的還是可以改變的？（D）		

3

公平正義

具有同理心和換位思考的能力有助於實現公平正義。

探究問題

事實性問題（F）

1. 什麼是公平？（F）
2. 什麼是正義？（F）
3. 什麼是刻板印象？（F）

概念性問題（C）

1. 為什麼會存在不公平、不正義的現象？（C）
2. 如何實現公平正義？（C）

辯論性問題（D）

1. 公平正義是相對的，還是絕對的？（D）
2. 對人、事、物存有刻板印象是否會造成不公平、不正義的現象？（D）
3. 公平的過程是否一定會產生公平的結果？（D）
4. 人是否生而平等？（D）

單元導入活動

❶ 在下圖 [1] 中你看到了什麼？你怎麼想？

追　夢

❷ 歷史上或生活中有哪些能夠體現公平意識的條例、法規或判決？有哪些敢於追求公平正義的人？

❸ 根據下圖 [2]，結合當前的全球背景將橫線補充完整。

南極的企鵝表示，對於大自然和所有生物來說，正義就是：

讓＿＿。

1　圖片源自《追夢》，香港電台 "通識網"，2022 年 7 月 7 日瀏覽。
2　圖片源自 ETtoday 新聞雲，https://www.ettoday.net/dalemon/post/11598#ixzz7RevXOGeO，2022 年 7 月 7 日瀏覽。

❹ 看圖回答問題。

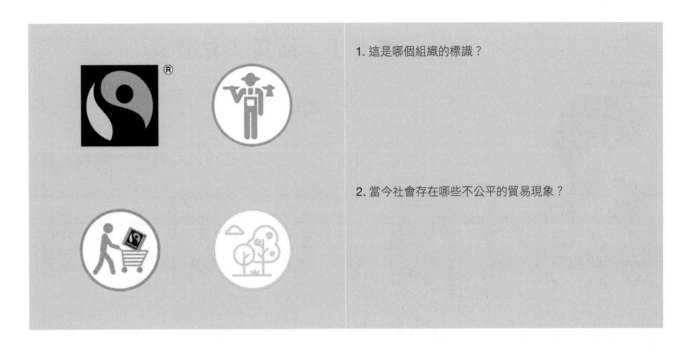

1. 這是哪個組織的標識？

2. 當今社會存在哪些不公平的貿易現象？

❺ 討論[1]：

不過類似的防作弊做法早已不是頭一遭。泰國農業大學多年前就曾特別為學生們準備用白紙製成的"防作弊頭巾"，阻隔學生兩側的視線，學生只能專注於眼前的考題。不過自校方在媒體曝光照片後，也引起不少網友們一陣撻伐，直呼這樣的行為相當不尊重學生，甚至帶有羞辱意味。

公平等於正義嗎？

1　內容源自：https://news.tvbs.com.tw/world/1195558，2022 年 7 月 7 日瀏覽。

課文 1　描寫／記敘文

蕭紅《手》

作者簡介： 蕭紅（1911–1942），中國近現代女作家，被譽為二十世紀"三十年代的文學洛神"。蕭紅才華橫溢，創作豐厚，深得魯迅先生讀賞與提攜。她的一生顛沛流離，飽受寂寞和痛苦，她自身的經歷讓她對女性的遭遇和境況更具有同理心。代表作有《生死場》《呼蘭河傳》《商市街》等。

1. 在我們的同學中，從來沒有見過這樣的手：藍的，黑的，又好像紫的；從指甲一直變色到手腕以上。

2. 她初來的幾天，我們叫她"怪物"。教師點名時每次一喊到王亞明，她都起來，把兩隻青黑手垂得很直，肩頭落下去，面向著棚頂說："到，到，到。"

3. 全班的同學都在笑。可是王亞明卻安然地坐下去，青黑色的手開始翻轉著書頁。

4. 數學課上，她讀起算題來也和讀文章一樣；午餐的桌上，那青黑色的手已經抓到了饅頭，她還想著地理課本；夜裏她躲在廁所裏邊讀書，天將明的時候，她就坐在樓梯口。她的眼睛爬滿著紅絲條；貪婪，把持，和那青黑色的手一樣在爭取她不能滿足的願望。

5. 她的父親第一次來看她的時候，說她胖了："吃胖了，這裏吃的比自家吃的好，是不是？好好幹吧！幹下三年來，不成聖人吧，也總算明白明白人情大道理。"在課堂上，一個星期之內人們都是學著王亞明的父親。第二次，她的父親又來看她，她向她父親要一雙手套。

6. 校長已說過她幾次："你的手，就洗不淨了嗎？操場上豎起來的幾百條手臂都是白的，就是你，特別呀！真特別。"女校長用她貧血的和化石一般透明的手指去觸動王亞明的青黑色手，好像是害怕，微微有點抑止著呼吸，就如同讓她去接觸黑色的已經死掉的鳥類似的。"學校的牆很低，春天裏散步的外國人又多，他們常常停在牆外看的。等你的手褪掉顏色再上早操吧！"校長告訴她，停止了她的早操。

7. "我已經向父親要到了手套，戴起手套來不就看不見了嗎？"打開了書箱，取出她父親的手套來。

8. 校長笑得發著咳嗽，那貧血的面孔立刻旋動著紅的顏色："不必了！既然是不整齊，戴手套也是不整齊。"

9. 等楊樹已經長了綠葉，滿院結成了蔭影的時候，王亞明卻漸漸變成了乾縮，眼睛的邊緣發著綠色，耳朵也似乎薄了一些，至於她的肩頭一點也不再顯出蠻野和強壯。當她偶然出現在樹蔭下，那開始陷下的胸部使我立刻從她想到了生肺病的人。

10. "我的功課，校長還說跟不上，倒也是跟不上，到年底若再跟不上，呵呵！真會留級的嗎？"她講話雖然仍和從前一樣"呵呵"的，但她的手卻開始畏縮起來，左手背在背後，右手在衣襟下面突出個小丘。

11. 我們從來沒有看到她哭過，大風在窗外倒拔著楊樹的那天，她背向著教室，也背向著我們，對著窗外的大風哭了。那是那些參觀的人走了以後的事情，她用那已經開始在褪著色的青手捧著眼淚。

12. "還哭！還哭什麼？來了參觀的人，還不躲開。你自己看看，誰像你這樣特別！兩隻藍手還不說，你看看，你這件上衣，快變成灰的了！別人都是藍上衣，哪有你這樣特別，太舊的衣裳顏色是不整齊的……不能因為你一個人而破壞了制服的規律性……"她一面嘴唇與嘴唇切合著，一面用她慘白的手指去撕著王亞明的領口：“我是叫你下樓，等參觀的走了再上來，誰叫你就站在過道呢？在過道，你想想：他們看不到你嗎？你倒戴起了這樣大的一副手套……”

13. 說到“手套”的地方，校長的黑色漆皮鞋，那晶亮的鞋尖去踢了一下已經落到地板上的一隻：“你覺得你戴上了手套站在這地方就十分好了嗎？這叫什麼玩藝？”她又在手套上踏了一下，她看到那和馬車夫一樣肥大的手套，抑止不住地笑出聲來了。

14. 王亞明哭了這一次，好像風聲都停止了，她還沒有停止。

15. 宿舍搬家的那天，我似乎已經睡著了，但能聽到隔壁在吵叫著：“我不要她，我不和她併床……”“我也不和她併床。”

16. 我再細聽，就什麼也聽不清了，只聽到嗡嗡的笑聲和絞成一團的吵嚷。夜裏我偶然起來到過道去喝了一次水。長椅上睡著一個人，立刻就被我認出來，那是王亞明。兩隻青黑手遮著臉孔。我想她一定又是借著過道的燈光在夜裏讀書，可是她的旁邊也沒有什麼書本，包袱和一些零碎就在地板上圍繞著她。

17. 我看著牆上的影子，那影子印在牆上也和頭髮一樣顏色。

18. “慣了，就是地板也一樣睡，唸書是要緊的……爹爹可是說啦！三年畢業，再多半年，他也不能供給我學費……這英國話，我的舌頭可真轉不過彎來。”

19. 她讀書的樣子完全和剛來的時候不一樣，那喉嚨漸漸窄小了似的，只是喃喃著，並且那兩邊搖動的肩頭也顯著緊縮和偏狹，背脊已經弓了起來。

20. 我讀著小說，很小的聲音讀著，怕是攪擾了她。我讀的是《屠場》中女工馬利亞昏倒在雪地上的那段。王亞明站在我的背後，我一點也不知道。

21. "你有什麼看過的書,也借給我一本……"我就把《屠場》放在她的手上,因為我已經讀過了。

22. 一天,我聽到床頭上有沙沙的聲音,我仰過頭去,在月光下我看到了是王亞明的青黑手,並且把我借給她的那本書放在我的旁邊。

23. 我問她:"看得有趣嗎?"

24. 她並不回答我,頭髮也像在抖著似的,用著那和頭髮一樣顏色的手橫在臉上。"馬利亞,真像有這個人一樣,……那醫生知道她是沒有錢的人,就不給她看病……呵呵!"她笑了,藉著笑的抖動眼淚才滾落下來:"我也去請過醫生,我母親生病的時候,他先向我要馬車錢,我說錢在家裏,先坐車來吧!人要不行了……他站在院心問我:'你家是幹什麼的?'不知為什麼,一告訴他是開'染缸房'的,他就拉開門進屋去了……姐姐定親的那年,她的婆婆從鄉下來住在我們家裏,一看到姐姐她就說:'唉呀!那殺人的手!'從這起,爹爹就不許某個人專染紅的。我的手是黑的,細看才帶點紫色,那兩個妹妹也都和我一樣。"

25. "你的妹妹沒有讀書?"

26. "沒有,我將來教她們,可是我也不知道我讀得好不好,讀不好連妹妹都對不起……他們在家吃鹹鹽的錢都給我拿來啦……我哪能不用心唸書,我哪能?"她又去摸觸那本書。

27. 我看著地板上的花紋,我想她的眼淚比我的同情高貴得多。

28. 還不到放寒假時,王亞明在一天的早晨,整理著手提箱和零碎,她的行李已經束得很緊,立在牆根的地方。

29. 並沒有人和她去告別，也沒有人和她說一聲再見。我們從宿舍出發，一個一個地經過夜裏王亞明睡覺的長椅，她向我們每個人笑著，同時也好像從窗口在望著遠方。我們使過道起著沉重的騷音，我們下著樓梯，經過了院宇，在欄柵門口，王亞明也趕到了，呼喘並且張著嘴："我的父親還沒有來，多學一點鐘是一點鐘……"她向著大家在說話一樣。

30. 最後的每一點鐘都使她流著汗，在英文課上她忙著用小冊子記下來黑板上所有的生字，連教師隨手寫的她也記了下來。地理課上她又費著力氣模仿著黑板上教師畫的地圖，……好像所有這最末一天經過她的思想都重要起來，都必得留下一個痕跡。

31. 下課，我看了她的小冊子，那完全記錯了：英文字母，有的脫落一個，有的她多加上一個……她的心情已經慌亂了。

32. 夜裏，她的父親也沒有來接她，她又在那長椅上展了被褥，只有這一次，她睡得這樣早，睡得超過平常以上的安然。頭髮接近著被邊，肩頭隨著呼吸放寬了一些。今天她的左右並不擺著書本。

33. 早晨，太陽停在顫抖的掛著雪的樹枝上面，鳥雀剛出巢的時候，她的父親來了。停在樓梯口，他放下肩上背來的大氈靴，他用圍著脖子的白毛巾擦去鬍鬚上的冰溜："你落了榜嗎？你……"冰溜在樓梯上溶成小小的水珠。

34. "沒有，還沒考試，校長告訴我，說我不用考啦，不能及格的……"

35. 她的父親站在樓梯口，把臉向著牆壁，腰間掛著的白手巾動也不動。

36. 行李拖到樓梯口了，王亞明又去提著手提箱，抱著面盆和一些零碎，她把大手套還給她的父親。

37. "我不要，你戴吧！"她父親的氈靴一移動就在地板上壓了幾個泥圈圈。

38. 因為是早晨，來圍觀的同學們很少。王亞明就在輕微的笑聲裏邊戴起了手套。

39. "穿上氈靴吧！書沒唸好，別再凍掉了兩隻腳。"她的父親把兩隻靴子相連的皮條解開。

40. 靴子一直掩過了她的膝蓋，她和一個趕馬車的人一樣，頭部也用白色的絨布包起。

41. "再來，把書回家好好讀讀再來。呵……呵。"不知道她向誰在說著。

42. 當她又提起了手提箱，她問她的父親："叫來的馬車就在門外嗎？"

43. "馬車，什麼馬車，走著上站吧……我背著行李……"

44. 王亞明的氈靴在樓梯上撲撲地拍著。父親走在前面，變了顏色的手抓著行李的兩角。

45. 那被朝陽拖得苗長的影子，跳動著在人的前面先爬上了木柵門。從窗子看去，人也好像和影子一般輕浮，只能看到他們，而聽不到關於他們的一點聲音。

46. 出了木柵門，他們就向著遠方，向著迷漫著朝陽的方向走去。

47. 雪地好像碎玻璃似的，越遠那閃光就越剛強。我一直看到那遠處的雪地刺痛了我的眼睛。

（節選，略有修改）

 理解

【活動一】可視化思維活動[1]

這篇文章讓你想到了哪個顏色、哪種符號和哪幅圖像？請填入下方框線內並解釋原因。

顏色 — 符號 — 圖像

顏色	符號	圖像

_____ _____ _____

_____ _____ _____

_____ _____ _____

_____ _____ _____

_____ _____ _____

_____ _____ _____

_____ _____ _____

【活動二】梳理文章關鍵信息和情節

> **知識鏈接**
>
> **小說的三要素**
>
> - 人物
> - 情節：開端、發展、高潮和結尾。
> - 環境：自然環境和社會環境

_____

1 參見 http://www.pz.harvard.edu/sites/default/files/Color%20Symbol%20Image.pdf，2022 年 7 月 8 日瀏覽。

根據文章內容，完成以下表格。

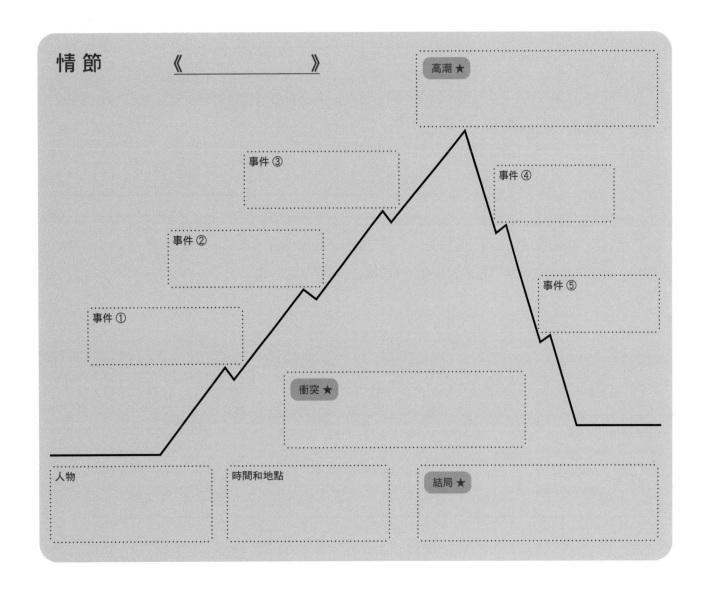

情節　　　《＿＿＿＿＿＿》

高潮 ★

事件 ③

事件 ④

事件 ②

事件 ⑤

事件 ①

衝突 ★

人物

時間和地點

結局 ★

【活動三】理解意象

❶ 蕭紅對作品中不同人物的手都進行了詳細的反覆摹寫，特別是王亞明的手。她的手的顏色也隨著情節的發展出現了變化。手是全文的核心意象，在文本中多次出現，貫穿全文。試分析以下 "手" 作為意象的喻意。

知識鏈接

意象

"意" 指的是主觀的意念，"象" 就是具體的、客觀的物象。意象是一種將所想要表達的情感或觀點用具體的物象呈現出來的藝術形象。

"從來沒有見過這樣的手：藍的，黑的，又好像紫的"。（第 1 段）

喻意：

_____。

"校長已說過她幾次：'你的手，就洗不淨了嗎？操場上豎起來的幾百條手臂都是白的，就是你，特別呀！真特別。'"（第 6 段）

喻意：

_____。

"女校長用她貧血的和化石一般透明的手指去觸動王亞明的青黑色手，好像是害怕，微微有點抑止著呼吸，就如同讓她去接觸黑色的已經死掉的鳥類似的。"（第 6 段）

喻意：

_____。

"姐姐定親的那年，她的婆婆從鄉下來住在我們家裏，一看到姐姐她就說：'唉呀！那殺人的手！'從這起，爹爹就不許某個人專染紅的。我的手是黑的，細看才帶點紫色，那兩個妹妹也都和我一樣。"（第 24 段）

喻意：

_____。

❷ 除了不同人物的 "手" 之外，你覺得文本中還有哪些意象？這些意象有哪些喻意？

意象	喻意

【活動四】理解文本細節

❶ 王亞明的勤奮好學、用心讀書是如何在文本中體現的？請從文本中找出 2－3 個具體的例子，並分析她如此用心唸書的原因。

_____

_____

_____

❷ "她講話雖然仍和從前一樣'呵呵'的，但她的手卻開始畏縮起來，左手背在背後，右手在衣襟下面突出個小丘。"你覺得為什麼她的手開始畏縮起來？（第 10 段）

_____

_____

_____

❸ 你如何理解"我想她的眼淚比我的同情高貴得多"這句話的？（第 27 段）

_____

_____

_____

❹ "只有這一次，她睡得這樣早，睡得超過平常以上的安然。頭髮接近著被邊，肩頭隨著呼吸放寬了一些。今天她的左右並不擺著書本。"你覺得為什麼這次"她的左右並不擺著書本"？（第 32 段）

_____

_____

_____

❺ 你如何理解文本的結尾"雪地好像碎玻璃似的，越遠那閃光就越剛強。我一直看到那遠處的雪地刺痛了我的眼睛。"？（第 47 段）

_____

_____

_____

 回應

【活動一】小組／全班討論

　　魯迅曾說，"悲劇是將人生有價值的東西毀滅給人看"。你覺得王亞明的求學經歷算是悲劇嗎？請結合文本內容，跟你的組員／全班同學談談你的想法。

你的想法	相關文本內容

【活動二】重視校園霸凌

❶ 你覺得文本中學生們的哪些行為屬於對王亞明的霸凌行為？（請寫出 3－5 個例子）

❷ 你覺得這些霸凌行為產生的原因有哪些？

❸ 這些行為對王亞明造成了哪些身心傷害？

【活動三】小組／全班討論

　　你覺得除了校園霸凌外，文本中還有哪些不公平的言行或現象。你覺得不公平的原因是哪些？可以有哪些解決的辦法？

不公平的言行或現象	產生的原因	解決的辦法

小組討論：對人、事、物存有刻板印象是否會造成不公平、不正義的現象？

【活動四】聯繫現實

文本中涉及很多不公平或不平等的現象，例如：歧視、校園霸凌和底層女孩受教育權受阻。你覺得當今社會是否還存在這些現象？請選取 1－2 個現象，上網查找相關新聞或結合個人經歷談談你的想法，並說明這些現象跟之前相比，有哪些相同和不同的地方。

 分析 / 評論

【活動一】小組討論 / 個人反思

❶ 小說《手》中有多處對比，請找出 1－2 個具體的例子，並分析其作用。

❷ 小說為什麼要以第一人稱視角展開敘述？這樣有什麼好處？

❸ 小說中出現了不同的人物，例如："我""王亞明""父親"和"校長"等。請選擇文中的一個人物概括其形象，並做簡要分析。

【活動二】個人 / 小組彙報

蕭紅小說中的主角大多數都是女性，而她自身的經歷也使得她對女性的遭遇和境況更具有同理心。上網查找相關資料，進一步了解蕭紅的生平和她其他作品中女性角色的生活和遭遇，說說這些作品與《手》有哪些相似的地方。

【活動三】文學文本和非文學文本比較

❶ 查找並閱讀《沒來的請舉手》[1]，從以下幾個角度與蕭紅的《手》進行對比。

	《沒來的請舉手》	《手》
寫作目的		
創作角度		
受眾		
風格		

❷ 分析產生以上不同之處的原因。

創作

❶ 詩歌

著名詩人戴望舒在蕭紅墓前憑弔時，創作了《蕭紅墓畔口占》一詩。假如你也來到了蕭紅的墓前探訪，請你也寫一首短詩紀念蕭紅，可以仿寫，也可以自由創作。

---

1 源自劉瑜：《觀念的水位》，浙江大學出版社，2013 年。

《蕭紅墓畔口占》

戴望舒

　　走六小時寂寞的長途／到你頭邊放一束紅山茶／我等待著，長夜漫漫／你卻臥聽著海濤閒話。

　　❷ 信：在得知王亞明要離開學校時，請以文中 "我" 的身份給王亞明寫一封信。

　　❸ 海報：文本中涉及很多不公平或不平等的現象，請選擇其中一個現象進一步探究，例如：歧視、校園霸凌或底層女孩子受教育權受阻。個人／小組內設計一個海報，展示你們的研究成果，並通過研究成果提高人們對這一現象的了解和關注。[1]

　　❹ 記敘：敘述一次你經歷過的或了解到的校園霸凌事件。

　　❺ 描述：描述一隻／雙令你印象最深刻的手。

　　❻ 議論："懲罰是制止校園暴力最有效的方法。" 請寫一篇博客支持或反對這個觀點。你必須寫出一篇具有說服力的論述文，說明你為什麼同意或不同意這個觀點。

1　可參考中國兒童少年基金會 "春蕾計劃" 公益項目，該項目致力於改善貧困家庭女童受教育狀況，https://www.cctf.org.cn/zt/cljh/。

課文 2　回應概括性寫作

導入活動

請思考以下關於 "動物福祉／福利" 的問題，根據你的想法在相應的空格裏打勾（√），並在小組裏與同學討論你的觀點：

	無條件地完全支持	在一定條件下支持	中立或無所謂	應盡量避免	任何情況下都完全反對
任意虐殺動物					
狩獵					
將動物用於人類的科學試驗					
讓動物參加商業表演					
宰殺動物作為食物或日用品					

短文一 [1]

　　"動物福祉" 是一種新的倫理道德觀。事實上，在人類將動物家畜化，開始有社會公認倫理的時候，就已有關於對待動物的倫理，就是禁止 "虐待" 動物，也就是禁止有意地、變態地、無理由地、不必要地讓動物遭受痛苦。現代動物福祉觀念的形成始於 20 世紀 60 年代，從西歐、北歐開始，逐漸發展開來。生態意識讓我們注重與地球其他住民的血緣關係，其中包括因人類而使動物受苦的問題。因此人們在處理動物問題時，會被

1　改編自李淵百：《"經濟動物福祉" ——基本概念與因應措施》https://animal.coa.gov.tw/download/file/economic_07.doc，2022 年 7 月 7 日瀏覽。

認為是關心其他社會倫理問題的一種延續。1979年"農場動物福祉委員會"（Farm Animal Welfare Council）要求必須使動物可以有轉身、梳洗自己、站立、躺臥與伸展肢體的自由。這種概念之後就演變為世界各動保團體追求目標之動物福祉五項自由：1.免除飢渴的自由；2.免除不舒服的自由；3.免除痛苦、傷害或疾病的自由；4.可自由表現正常行為；5.免除恐懼與緊迫的自由。

短文二 [1]

比動物福利主義者更進一步的是動物權利主義者，他們主張動物不僅享有不受虐待的權利，還享有一些精神方面的權利。他們認為，動物應該享有支配自己生活的自主權和一定的精神上的權利，這些基本權利應該受到法律的保障。這樣的觀念帶來的行動是：推廣素食主義，抵制動物實驗等。2007年牛津大學籌建了一個醫學研究實驗室。一些動物權利主義者一方面向政府施壓，要求關閉實驗室，另一方面不時到牛津大學進行各種破壞活動，甚至在實驗室周圍製造爆炸事件。人之所以覺得動物痛苦，正是由於看到動物痛苦而產生不適的本能。動物福利的主張或多或少會摻雜人的感情因素。因為人擁有人權，從而推導出動物擁有動物權利，顯然忽視了人與一般動物的區別。動物不具有自由意志，因而不能成為道德主體，也就不享有權利。

---

1 改編自《動物權利已有多國實踐》《將動物作為權利主體缺乏理性依據》，http://news.cntv.cn/special/thinkagain/animalwelfare/，2022年7月7日瀏覽。

 **理解**

【活動一】理解詞語

在語境中猜測以下詞語的意思，然後用詞典／電子詞典搜索其正確的含義。

福祉、倫理、虐待、支配、抵制、籌建、施壓、摻雜、推導、意志

【活動二】判斷下面的信息是事實信息、想法信息還是意見信息，把信息號（甲—壬）填入表格。

> 甲：其實在人類將動物家畜化時，就已經有了對待動物的倫理。

> 乙：20世紀60年代開始，現代動物福祉觀念開始形成了。

> 丙：因為人類注重生態，所以也開始注重動物受苦的問題。

> 丁：關心動物是關心其他社會倫理問題的一種延續。

> 戊："動物福祉五項自由"由"農場動物福祉委員會"提出。

> 己：動物權利主義者的觀點更為激進。

> 庚：人覺得動物痛苦，其實是人的本能在感到痛苦。

> 辛：動物福利的主張無法避免地會摻雜人的感情因素。

> 壬：人與動物有區別，動物沒有自由意志，因此不應享有權利。

事實信息：	
想法信息：	
意見信息：	

回應

【活動一】思考、討論與分享

"動物福祉五項自由"可以實現嗎？請在小組中討論並分享你的想法，可以考慮以下的關鍵詞：

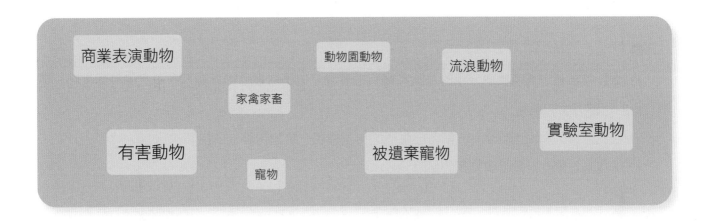

商業表演動物　　動物園動物　　流浪動物

家禽家畜

實驗室動物

有害動物　　　　被遺棄寵物

寵物

【活動二】辯論

了解了"動物福祉"後，請就"動物是否應享有與人類一樣的平等權利"進行課堂辯論。

 分析 / 評論

總結並合併下面幾組信息，將其簡化為不超過 20 字的一句話。例子：

- "動物福祉"是一種新的倫理道德觀；

- 事實上，在人類將動物家畜化，開始有社會公認倫理的時候，就已有關於對待動物的倫理；

- 現代動物福祉觀念的形成始於 20 世紀 60 年代，從西歐、北歐開始，逐漸發展開來。

動	物	倫	理	由	來	已	久	，	60
年	代	發	展	為	福	祉	觀	念	。

❶

- 生態意識讓我們注重與地球其他住民的血緣關係，其中包括因人類而使動物受苦的問題。
- 因此人們在處理動物問題時，會被認為是關心其他社會倫理問題的一種延續。

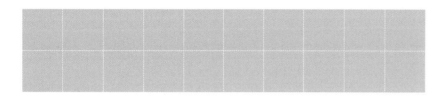

❷

- 比動物福利主義者更進一步的是動物權利主義者，他們主張動物不僅享有不受虐待的權利，還享有一些精神方面的權利。
- 他們認為，動物應該享有支配自己生活的自主權和一定的精神上的權利。
- 這些基本權利應該受到法律的保障。

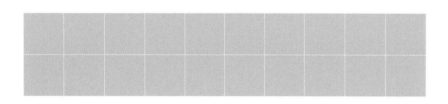

 創作

❶ 學校正在舉行"公平與正義"宣傳週，你要為"動物福祉"寫一張海報或傳單，向全校師生介紹這一觀念，內容包括：

a. 什麼是動物福祉
b. 人們對於動物福祉的不同看法
c. 應該怎樣看待這種觀念

標題
簡介目的，概括海報內容。
正文
聯繫方法及注意事項等
主辦者名稱
××××年××月××日

❷ 最近社會上關於“動物福祉”的爭論不斷，你作為一位動物保護方面的專家，請撰寫一篇報紙文章，向大眾介紹這個議題。內容包括：

a. 什麼是動物福祉

b. 人們對於動物福祉的不同看法

c. 應該怎樣看待這種觀念

必須用短文一和短文二中的信息為輔助進行寫作，字數必須在 250－350 字之間。請根據以上寫作要求，先完成下面的提綱表格。

寫作的目的是什麼？	
使用什麼格式？	
寫給誰？	
主要內容是什麼？	
應寫多少字？	
我能對應問題 a 找到文章裏的信息	
我能對應問題 b 找到文章裏的信息	
我能對應問題 c 找到文章裏的信息	

💬 自評

請將題目與相應的信息連線配對。

① "動物福祉" 是一種新的倫理道德觀

② 人類在開始有社會公認倫理的時候，就禁止 "虐待" 動物，也就是禁止有意地、變態地、無理由地、不必要地讓動物遭受痛苦

人們對於動物福祉的不同看法

③ 現代動物福祉觀念之形成，始於 20 世紀 60 年代，從西歐、北歐開始，逐漸發展開來

④ 生態意識使我們注重人類所導致動物受苦的問題

什麼是動物福祉

⑤ 是關心其他社會倫理問題的一種延續

⑥ "農場動物福祉委員會" 要求必須使動物可以有轉身、梳洗自己、站立、躺臥與伸展肢體的自由

應該怎樣看待這種觀念

⑦ 動物福祉五項自由：
1. 免除飢渴的自由
2. 免除不舒服的自由
3. 免除痛苦、傷害或疾病的自由
4. 可自由表現正常行為
5. 免除恐懼與緊迫的自由

⑧ 動物權利主義者，主張動物不僅享有不受虐待的權利，還享有一些精神方面的權利

⑨ 動物應該享有支配自己生活的自主權、一定的精神上的權利，這些基本權利應該受到法律的保障

人們對於動物福祉的不同看法

⑩ 推廣素食主義，抵制動物實驗

⑪ 動物權利主義者向政府施壓，要求關閉實驗室，不時到牛津大學進行各種破壞活動，甚至在實驗室周圍製造爆炸事件

什麼是動物福祉

⑫ 人覺得動物痛苦，正是因為看到動物痛苦而產生不適的本能

⑬ 動物福利的主張無法避免摻雜進人的感情因素

應該怎樣看待這種觀念

⑭ 因為人擁有人權，從而推導出動物具有動物權利，顯然忽視了人與一般動物的區別

⑮ 動物不具有自由意志，因而不能成為道德主體，也就不享有權利

課文 3　議論／思想批判

（1）《"以眼還眼，以牙還牙"——應報符合公平正義嗎？》[1]

吳俊德

　　如果不能一報還一報，這世間還有公平正義嗎？一個簡單的回答是：公平正義的實踐在於犯罪就要受到處罰，如果犯罪沒有受到處罰，自然是不公不義。至於什麼樣的處罰比較恰當，可以有討論的空間，但底線是，必須把犯罪者當人看待，不能毀棄他的人性尊嚴；同時，更不能為了伸張正義，讓被害者、家屬或是執法人員成為另一個犯罪者。

　　所以，我們可以從上述觀點來看死刑存廢的議題：可以用任何理由去支持維持死刑，但不應該是殺人償命的應報理論，因為這不是現代人權概念中的公平正義。我們必須去強調，犯罪者是有人權的，即使是犯下再殘忍的罪行，犯罪者的人權也要被保障。

（2）《死刑應當被廢除嗎？》[2]

羅翔

　　時至今日，全球已經有超過 2/3 的國家在法律中或在事實上廢除了死刑。但維持死刑的國家之人口卻也近全世界人口的 2/3。同時，全球有兩個最重要的國家都保留著死刑，一是中國，二是美國。

　　多年以前，我也曾經主張死刑廢止論，但是後來我放棄了這種

---

1 改編自：https://whogovernstw.org/2014/11/07/jundehwu2/，2022 年 7 月 7 日瀏覽。
2 改編自：https://www.163.com/dy/article/GV9NF9IC0541TY8I.html，2022 年 7 月 7 日瀏覽。

觀點。對於那些親人被殺的被害人，我們有什麼權利要求他們寬恕犯罪人？對於那些被殺害的被害人，他們已經沉睡於地土，我們又有什麼資格代替他們來寬恕犯罪人？

C.S.路易斯提醒我們：刑罰的人道主義理論披著仁慈的外衣，但卻全然錯誤。它很容易蒙騙善良的人們。其錯誤開始於將仁慈與正義對立起來，看似高尚，事實卻是高尚的錯誤。仁慈只能建立在正義的基礎上，離開了正義的仁慈就如頂著美麗綠植的食人草，誘惑著善良的人們走向狂熱的殘忍。

對於謀殺這些最惡劣的犯罪，只有剝奪生命才能體現對被害人生命的尊重。同時，也許只有死刑才能讓犯罪人真正地認罪悔改。所謂不到黃河心不死、不見棺材不落淚，只有面臨死刑的威脅，犯罪人才可能會生出真誠的悔改。從這個意義上講，死刑恰恰是對犯罪人的尊重，因為只有當其認識到自己的罪錯，並願意獻出生命來償還罪債，他才重拾了作為人的尊嚴。

（3）《馬拉拉聯合國演講稿》[1]

馬拉拉

親愛的朋友，在 2012 年 10 月 9 日，塔利班往我的左額開槍。他們也射殺我的朋友。他們以為子彈將會讓我們沉默，但他們失敗了。那一沉默中響起了成千上萬的聲音。恐怖分子以為他們能夠改變我的目標，阻止我的理想。但是我的生活沒任何改變，除了：已逝去的懦弱、恐懼與無助。堅定、力量與勇氣誕生了。我還是同

1　改編自：https://weibo.com/p/2304188ba4b7110102vayo?pids=Pl_Official_CardMixFeedv6__4&feed_filter=2，2022 年 7 月 7 日瀏覽。

一個馬拉拉。我的理想依舊，我的希望亦如故，而我的夢想依然不變。

　　親愛的姐妹兄弟，我不反對任何人。我在這兒演講也非出於報個人之仇而對抗塔利班或其他恐怖組織。我在這兒為每一位孩子能接受教育的權利發言。我希望塔利班、所有恐怖分子和極端分子的兒女都能受教育。我甚至不怨恨射殺我的塔利班成員。即使我手上有支槍而他站在我面前，我也不會射殺他。這是我從穆罕默德先知、耶穌和佛陀身上學得的慈悲。這是我從馬丁·路德·金、納爾遜·曼德拉和穆罕默德·阿里·真納身上學得的變革之遺產。這是我從甘地、帕夏汗和特蕾莎修女身上學得的非暴力哲學。這是我從父母身上學得的寬恕。這是我的靈魂告訴我的：愛好和平，愛每一個人。

A 理解

❶ 根據選段（1）和（2），用自己的話歸納出作者反對或支持死刑的理由。

❷ 兩位作者分別使用了哪些寫作手法來引導讀者認同自己的觀點？

❸ 在選段（3）中，"但是我的生活沒任何改變，除了：已逝去的懦弱、恐懼與無助。堅定、力量與勇氣誕生了。"是什麼意思？

❹ 馬拉拉採用了哪些方式來爭取全球人民的認同和支持？請寫出其中兩種。

回應

❶ 讀完選段（1）和（2），你更傾向於支持哪一種立場？為什麼？

❷ 馬拉拉對塔利班分子採取了怎樣的態度？她的做法對你有什麼啟發？

 分析 / 評論

❶ 在結構上，三位作者如何引導大眾接受自己的觀點？

❷ 填寫下表，從三個選段中挑選例子（字、詞、句皆可），說明議論文的措辭有何特點。

	簡潔、準確、概括性強	措辭有力，立場鮮明
選段(1)	• 一個簡單的回答是	• 必須 • 可以用……，但不應該是……
選段(2)		
選段(3)		

 創作

"公平貿易咖啡並不公平"[1]，你同意這個觀點嗎？參考註釋中的網頁資料，寫一篇博客，贊同或反對這個觀點。你必須寫出一篇具有說服力的論述，說明你為什麼同意或者不同意這個觀點。

1　參考資料：https://www.panhouse.coffee/2019/02/04/why-no-fairtrade/，2022 年 7 月 7 日瀏覽。

課文 4　文言文

劉基《蜀賈》（《郁離子》卷二）

蜀賈[1] 三人，皆賣藥於市，其一人專取良[2]，計入以為出，不虛價，亦不過取贏[3]。一人良不良皆取焉，其價之賤貴，惟買者之欲，而隨以其良不良應之[4]。一人不取良，惟其多賣，則賤其價，請益[5] 則益之不較，於是爭趨[6] 之，其門之限[7] 月一易，歲餘[8] 而大富。其兼取者趨稍緩，再期[9] 亦富。其專取良者，肆[10] 日中如宵，旦食則昏不足[11]。郁離子見而歎曰：“今之為士者，亦若是夫[12]！昔楚鄙三縣之尹三[13]，其一廉而不獲於上官[14]，其去也，無以僦舟[15]，人皆笑以為癡。其一擇可而取之[16]，人不尤[17] 其取而稱其能賢。其一無所不取，以交於上官[18]，子吏卒而賓富民，則不待三年，舉而任諸綱紀之司[19]，雖[20] 百姓亦稱其善，不亦怪哉[21]？”

註釋

[1]　蜀賈（gǔ）：蜀地（四川）的商人。

[2]　專取良：專門收購好的藥材。

[3]　計入以為出，不虛價，亦不過取贏：計算過成本來定價，不謀取暴利。贏（yíng）：盈餘、利潤。

[4]　惟買者之欲，而隨以其良不良應之：根據顧客的需求和購買力而隨機決定提供好藥或劣質藥。焉，助詞，用於句末，表示陳述語氣，可不用翻譯。

[5]　益：增加。

作者簡介：劉基（1311–1375），字伯溫，浙江青田人，23歲時中進士，曾任浙東元帥府都事等職，後來對元朝政權徹底失望，辭官返鄉撰寫《郁離子》。

《郁離子》是一本寓言集，“郁”形容有文采的樣子，“離”是八卦之一，代表火，“郁離”就是文明的意思。作者在書中假託虛構人物郁離子之口，通過故事宣揚自己的政治主張和道德觀。他自信地認為只要採納了自己的主張，就能使國家繁榮昌盛。《明史》誇他：“所為文章，氣昌而奇，與宋濂並為一代之宗。”

書成之後，他加入了朱元璋的隊伍，輔佐朱元璋奪取了政權，成為開國功臣，官至御史中丞，兼太史令。他博學多識，精通天文、占卜等，像諸葛亮一樣被神化，但他的一生其實並不順遂，有不少學者相信他並非死於自然，而是被左丞相胡惟庸或朱元璋所害。

[6] 趨：前往。

[7] 限：門檻。

[8] 歲餘（yú）：一年多後。

[9] 再期（jī）："期"是多音字，讀"jī"時，表示一週年或一整月。"再期"在文中指兩年。

[10] 肆：店舖。

[11] 旦食則昏不足：窮得三餐不繼。

[12] 士：官員。是：代詞，這個。夫：助詞，用在句末，表示感歎，相當於"啊""吧"。

[13] 楚鄙：楚國的邊境。尹：縣尹，縣官。

[14] 不獲於上官：上級對他不滿。

[15] 去：離任。僦（jiù），租賃，形容窮得拿不出旅費。

[16] 擇可而取之：看情況索取、榨取。

[17] 尤：埋怨。

[18] 交於上官：結交權貴。

[19] 舉：被提拔。諸綱紀之司：掌管法紀要職的官員。

[20] 雖：即使。

[21] 哉：助詞，表示反問語氣，相當於"嗎"。

 理解

【活動一】鞏固文言文字詞理解

一、將下列畫線詞的意思寫在（　　　）內。

1. 而隨以其良不良應之。（　　　　）、（　　　　）、（　　　　）

2. 則賤其價，請益則益之不較。（　　　　）、（　　　　）

3. 其門之限月一易。（　　　　）

4. 人皆笑以為癡。（　　　　）

5. 子吏卒而賓富民。（　　　　）、（　　　　）

6. 雖百姓亦稱其善。（　　　　）、（　　　　）

7. 請益 則益之不較。（　　　　）、（　　　　）

8. 旦食則昏不足。（　　　　）

二、選擇題，把答案的英文代號寫在（　　　）內。

❶ 下列畫線詞的解釋與其他三個選項不同是（　　　）。

　　A. 其一人專取良。

　　B. 其一擇可而取之。

　　C. 人不尤其取而稱其能賢。

　　D. 其一無所不取，以交於上官。

❷ 下列句中畫線詞的意思都一樣的選項是（　　　）。

　　A. 其價之賤貴，唯買者之欲，而隨以其良不良應之。

　　B. 計入以為出。人皆笑以為癡。

　　C. 人不尤其取而稱其能賢。

　　D. 其一廉而不獲於上官，其去也，無以儆舟。

【活動二】個人反思 / 小組討論

歸納本文寓意：

 回應

【活動一】個人反思

請用自己的話概括不同藥商和官員的表現。

藥商的表現	官員的表現	請用 1－2 個詞語來概括這類人的特點
第一種：	第一種：	
第二種：	第二種：	
第三種：	第三種：	

【活動二】良心小巷

- 請三位同學分別扮演三種官員。

- 其他同學分為六組，每組人數盡量均等。這六組分別是：

  A1：支持第一種官員；A2：勸說第一種官員要識時務，不要執著於當清官。

  B1：支持第二種官員；B2：勸說第二種官員不可心存僥幸、欺詐百姓。

  C1：支持第三種官員；C2：勸說第三種官員當心存百姓福祉，不能濫用職權來謀私。

- A1 和 A2 面對面站成兩排，中間距離可容一人通過。當第一種官員緩緩走過中間的小巷時，兩邊的成員大聲鼓勵／勸說，理由合理即可。（B 組和 C 組的做法相同）

- 請三位官員說說自己是要堅持初衷，還是要做出改變，並說明原因。

【活動三】聯繫生活

❶ 說說看：在當今社會，成為一名廉潔奉公的官員會遇到哪些誘惑或阻力？

❷ 小組合作：商討可以增加哪些措施使政府部門的運作更具透明度，然後派代表做報告。

❸ 從網絡、報章或雜誌上挑選一篇非文學文本，例如新聞、專訪、博客、惡搞漫畫等，內容需要與政府部門人員的表現有關。請先概述文本內容，再說說這個文本反映了怎樣的全球化問題。

分析／評論

❶ 從結尾能夠看出作者怎樣的態度？

❷ 作者使用了哪些論證手法？

❸ 以陳述為主，而不旗幟鮮明地批判有什麼好處？

創作

有人說："高薪可以養廉。" 你同意嗎？請給當地報社寫一篇具有說服力的文章，說明你為什麼贊成或者不贊成這個觀點。

課文 5 文學作品——短篇小說

導入活動

以上兩組照片拍攝於敘利亞戰爭前後同一個地點，請用自己的語言回應以下三個方面：

❶ 請用兩個詞語表達你的感受：（　　　　　　　）和（　　　　　　　）

❷ 針對圖片展示的現實，提出三個質疑：

1）

_____

2）

_____

3）

_____

❸ 你曾閱讀或看到過其他類似的現象或問題嗎？請描述你的所見所聞。

_____

_____

_____

作者簡介：魯迅，浙江紹興人。

• 新文化運動的重要參與者，中國現代文學的奠基人之一。

• "棄醫從文"的典範，主張救國先救民，而救民旨在啟發民智。

• 創作中國第一篇白話文小説《狂人日記》。

• 小説集《吶喊》《彷徨》《故事新編》；雜文集《且介亭雜文集》《華蓋集》《而已集》；現代詩集《野草》；學術專著《中國小説史略》。

• 美術設計作品：北大校徽、民國初期國徽。

魯迅《非攻》[1]

（一）

子夏的徒弟公孫高來找墨子，已經好幾回了，總是不在家，見不著。大約是第四或者第五回罷，這才恰巧在門口遇見，因為公孫高剛一到，墨子也適值回家來。他們一同走進屋子裏。

公孫高辭讓了一通之後，眼睛看著蓆子的破洞，和氣地問道：

"先生是主張非戰的？"

"不錯！"墨子說。

"那麼，君子就不鬥麼？"

"是的！"墨子說。

"豬狗尚且要鬥，何況人……"

"唉唉，你們儒者，說話稱著堯舜，做事卻要學豬狗，可憐，可憐！"墨子說著，站了起來，匆匆地跑到廚下去了，一面說："你不懂我的意思……"

他穿過廚下，到得後門外的井邊，絞著轆轤，汲起半瓶井水來，捧著吸了十多口，於是放下瓦瓶，抹一抹嘴，忽然望著園角上叫了起來道：

"阿廉！你怎麼回來了？"

阿廉也已經看見，正在跑過來，一到面前，就規規矩矩地站定，垂著手，叫一聲"先生"，於是略有些氣憤似地接著說：

1　出自《故事新編》

公平正義

"我不幹了。他們言行不一致。說定給我一千盆粟米的，卻只給了我五百盆。我只得走了。"

"如果給你一千多盆，你走麼？"

"不。"阿廉答。

"那麼，就並非因為他們言行不一致，倒是因為少了呀！"

墨子一面說，一面又跑進廚房裏，叫道：

"耕柱子！給我和起玉米粉來！"

耕柱子恰恰從堂屋裏走到，是一個很精神的青年。

"先生，是做十多天的乾糧罷？"他問。

"對咧。"墨子說。"公孫高走了罷？"

"走了，"耕柱子笑道。"他很生氣，說我們兼愛無父，像禽獸一樣。"

墨子也笑了一笑。

"先生到楚國去？"

"是的。你也知道了？"墨子讓耕柱子用水和著玉米粉，自己卻取火石和艾絨打了火，點起枯枝來沸水，眼睛看火焰，慢慢地說道："我們的老鄉公輸般，他總是倚恃著自己的一點小聰明，興風作浪的。造了鈎拒，教楚王和越人打仗還不夠，這回是又想出了什麼雲梯，要聳恿楚王攻宋去了。宋是小國，怎禁得這麼一攻。我去按他一下罷。"

他看得耕柱子已經把窩窩頭上了蒸籠，便回到自己的房裏，在壁廚裏摸出一把鹽漬藜菜乾，一柄破銅刀，另外找了一張破包袱，等耕柱子端進蒸熟的窩窩頭來，就一起打成一個包裹。衣服卻不打點，也不帶洗臉的手巾，只把皮帶緊了一緊，走到堂下，穿好草鞋，背上包裹，頭也不回地走了。從包裹裏，還一陣一陣地冒著熱蒸氣。

「先生什麼時候回來呢？」耕柱子在後面叫喊道。

「總得二十來天罷，」墨子答著，只是走。

（二）

墨子走進宋國的國界的時候，草鞋帶已經斷了三四回，覺得腳底上很發熱，停下來一看，鞋底也磨成了大窟窿，腳上有些地方起繭，有些地方起泡了。他毫不在意，仍然走；沿路看看情形，人口倒很不少，然而歷來的水災和兵災的痕跡，卻到處存留，沒有人的變換得飛快。走了三天，看不見一所大屋，看不見一棵大樹，看不見一個活潑的人，看不見一片肥沃的田地，就這樣到了都城。

城牆也很破舊，但有幾處添了新石頭；護城溝邊看見爛泥堆，像是有人淘掘過，但只見有幾個閒人坐在溝沿上似乎釣著魚。

「他們大約也聽到消息了，」墨子想。細看那些釣魚人，卻沒有自己的學生在裏面。

他決計穿城而過，於是走近北關，順著中央的一條街，一徑向南走。城裏面也很蕭條，但也很平靜；店舖都貼著減價的條子，然而並不見買主，可是店裏也並無怎樣的貨色；街道上滿積著又細又黏的黃塵。

「這模樣了，還要來攻它！」墨子想。

他在大街上前行，除看見了貧弱而外，也沒有什麼異樣。楚國要來進攻的消息，是也許已經聽到了的，然而大家被攻得習慣了，自認是活該受攻的了，竟並不覺得特別，況且誰都只剩了一條性命，無衣無食，所以也沒有什麼人想搬家。待到望見南關的城樓了，這才看見街角上聚著十多個人，好像在聽一個人講故事。

當墨子走得臨近時，只見那人的手在空中一揮，大叫道："我們給他們看看宋國的民氣！我們都去死！"

墨子知道，這是自己的學生曹公子的聲音。

然而他並不擠進去招呼他，匆匆地出了南關，只趕自己的路。又走了一天和大半夜，歇下來，在一個農家的簷下睡到黎明，起來仍復走。草鞋已經碎成一片一片，穿不住了，包袱裏還有窩窩頭，不能用，便只好撕下一塊布裳來，包了腳。不過布片薄，不平的村路梗著他的腳底，走起來就更艱難。到得下午，他坐在一株小小的槐樹下，打開包裹來吃午餐，也算是歇歇腳。遠遠的望見一個大漢，推著很重的小車，向這邊走過來了。到得臨近，那人就歇下車子，走到墨子面前，叫了一聲"先生"，一面撩起衣角來揩臉上的汗，喘著氣。

"這是什麼？"墨子認識他是自己的學生管黔敖，便問。

"是沙，防雲梯的。"

"別的準備怎麼樣？"

"也已經募集了一些麻，灰，鐵。不過難得很：有的不肯，肯的沒有。還是講空話的多……"

"昨天在城裏聽見曹公子在講演，又在玩一股什麼'氣'，嚷什麼'死'了。你去告訴他：不要弄玄虛；死並不壞，也很難，但要死得於民有利！"

"和他很難說，"管黔敖悵悵地答道。"他在這裏做了兩年官，不大願意和我們說話了……"

“禽滑厘呢？”

“他可是很忙。剛剛試驗過連弩；現在恐怕在西關外看地勢，所以遇不著先生。先生是到楚國去找公輸般的罷？”

“不錯，”墨子說，“不過他聽不聽我，還是料不定的。你們仍然準備著，不要只望著口舌的成功。”

管黔敖點點頭，看墨子上了路，目送了一會，便推著小車，吱吱嘎嘎地進城去了。

（節選，略有修改）

• 他人評價：

○ 毛澤東：“魯迅的骨頭是最硬的，他沒有絲毫的奴顏和媚骨。這是殖民地半殖民地人民最寶貴的性格。魯迅是在文化戰線上的民族英雄。”

○〔蘇〕法捷耶夫：“魯迅的語言是民間形式的。他的諷刺和幽默雖然具有人類共同的性格，但也帶有不可模仿的民族特點”，稱魯迅為“中國的高爾基”。

○ 胡適：“魯迅是個自由主義者，絕不會為外力所屈服，魯迅是我們的人。”

○ 王朔：“我從來沒有覺得魯迅的小說寫得好，他的小說寫得過於沉悶。魯迅那種二三十年代正處於發軔期尚未完全脫離文言文影響的白話文字也有些疙疙瘩瘩，讀起來總有些含混。”

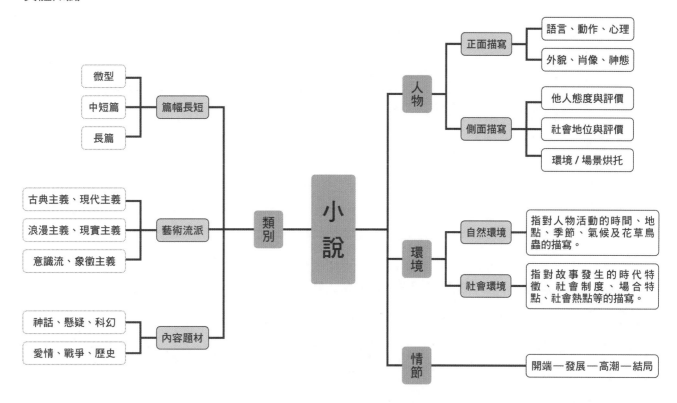

【活動一】聯繫上下文，解釋括號中的詞語在句中的含義。

❶ 公孫高辭讓了一通之後，眼睛看著蓆子的破洞，和氣地問道："先生是主張非戰的？"

（辭讓）

_____

❷ "唉唉，你們儒者，說話稱著堯舜，做事卻要學豬狗，可憐，可憐！"

（可憐）

_____

❸ 我們的老鄉公輸般，他總是倚恃著自己的一點小聰明，興風作浪的。

（倚恃）

_____

（興風作浪）

_____

❹ 然而大家被攻得習慣了，自認是活該受攻的了，竟並不覺得特別。

（活該）

_____

【活動二】請判斷下列語句的描寫手法，並概括人物特徵。

❶ 阿廉也已經看見，正在跑過來，一到面前，就規規矩矩地站定，垂著手，叫一聲"先生"，於是略有些氣憤似地接著說："我不幹了。他們言行不一致。說定給我一千盆粟米的，卻只給了我五百盆。我只得走了。"

❖ 描寫手法：(　　　　　　　　)

❖ 人物特徵：_____。

❷ 衣服卻不打點，也不帶洗臉的手巾，只把皮帶緊了一緊，走到堂下，穿好草鞋，背上包裹，頭也不回地走了。

❖ 描寫手法：(　　　　　　　　)

❖ 人物特徵：_____。

❸ 墨子走進宋國的國界的時候，草鞋帶已經斷了三四回，覺得腳底上很發熱，停下來一看，鞋底也磨成了大窟窿，腳上有些地方起繭，有些地方起泡了。

❖ 描寫手法：(　　　　　　　　)

❖ 人物特徵：_____。

❹ "昨天在城裏聽見曹公子在講演，又在玩一股什麼'氣'，嚷什麼'死'了。你去告訴他：不要弄玄虛；死並不壞，也很難，但要死得於民有利！"

"和他很難說，" 管黔敖悵悵地答道。"他在這裏做了兩年官，不大願意和我們說話了……"

❖ 描寫手法：(　　　　　　　　　)

❖ 人物特徵：＿＿＿＿＿＿＿＿＿＿＿＿＿＿＿＿＿＿＿＿＿＿＿＿＿＿＿＿＿＿＿＿＿＿＿＿。

【活動三】分角色朗讀課文，聽眾根據內容畫出人物關係圖，然後概述課文內容和主題。

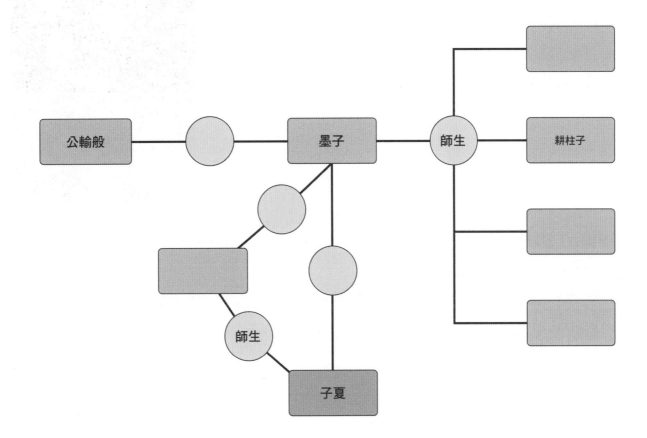

內容與主題概述：

【回應】

【活動一】描述與分析

請仔細閱讀右側《反戰》海報，按照下列要點展開分析：

★ 描述海報內容。

★ 從版面設計的角度分析海報特色。

★ 分析哪些元素突出了"反戰主題"。

【活動二】設計海報

請搜集資料，為諸子百家設計一張海報：

• 為"儒、墨、法、道、兵"等學派繪製一個標誌物，展現百家爭鳴的盛況；

• 體現墨子代表的門派和主張，以及其他派別的主張中涉及"公平正義"的話題。

【分析 / 評論】

【活動一】比較與分析

　　墨子作為諸子百家"墨家"的創始人，並不如儒家的孔子、道家的老子和莊子、法家的韓非子那樣為現代人熟知。其實，在戰國時代，墨家曾一度與儒家並稱。後來漸漸在"獨尊儒術"的局面下消失在人們的視野中，乏人問津。

　　然而，在民族危難之時，亦有文人從僅存的《墨子》一書中尋求救國救民之道。通過漫畫、小說乃至電影等形式，經過文人再次創作後，形象鮮明的"墨子"再次出現在我們面前。

　　請同學們分析魯迅筆下的墨子形象，並與下列漫畫中的形象作比較，談談你對"墨子"的看法。

墨子其人：

我的看法：

——出自鄭問《東周英雄傳》（台灣）

【活動二】闡釋與分析

‧ 閱讀下列選段，分析魯迅是如何通過對話塑造人物形象的，以及這些對話體現了墨子的哪些觀點和主張；

‧ 綜合全文以及收集到的諸子百家資料，討論分析墨子的言行是否體現了對"公平正義"的追求，以及在現代社會，"墨子"是否還有價值和意義。

原文	墨子的觀點和主張	個人評價 / 社會意義和價值
公孫高辭讓了一通之後，眼睛看著蓆子的破洞，和氣地問道： "先生是主張非戰的？" "不錯！"墨子說。 "那麼，君子就不鬥麼？" "是的！"墨子說。 "豬狗尚且要鬥，何況人……" "唉唉，你們儒者，說話稱著堯舜，做事卻要學豬狗，可憐，可憐！"墨子說著，站了起來，匆匆地跑到廚下去了，一面說："你不懂我的意思……"		

原文	墨子的觀點和主張	個人評價／社會意義和價值
阿廉也已經看見，正在跑過來，一到面前，就規規矩矩地站定，垂著手，叫一聲"先生"，於是略有些氣憤似地接著說： 　　"我不幹了。他們言行不一致。説定給我一千盆粟米的，卻只給了我五百盆。我只得走了。" 　　"如果給你一千多盆，你走麼？" 　　"不。"阿廉答。 　　"那麼，就並非因為他們言行不一致，倒是因為少了呀！"		
"昨天在城裏聽見曹公子在講演，又在玩一股什麼'氣'，嚷什麼'死'了。你去告訴他：不要弄玄虛；死並不壞，也很難，但要死得於民有利！" 　　"和他很難説，"管黔敖悵悵地答道。"他在這裏做了兩年官，不大願意和我們説話了……" 　　"禽滑厘呢？" 　　"他可是很忙。剛剛試驗過連弩；現在恐怕在西關外看地勢，所以遇不著先生。先生是到楚國去找公輸般的罷？" 　　"不錯，"墨子説，"不過他聽不聽我，還是料不定的。你們仍然準備著，不要只望著口舌的成功。"		

 創作

❶ 描述：請根據原文 "走了三天，看不見一所大屋，看不見一棵大樹，看不見一個活潑的人，看不見一片肥沃的田地，就這樣到了都城" 進行擴寫。

- 綜合運用多種描寫手法。（參考之前的文體知識）
- 通過描寫一個事物，展現飽受戰爭摧殘的城市面貌。

❷ 議論：

墨子當年 "止楚攻宋，止齊攻魯，止魯攻鄭"，在各國間不斷忙碌奔走，只要有誰出兵征戰，墨子就趕去阻止，只要有誰受到攻擊，墨子就趕去協助防守。

- 你認為墨子是一位敢於追求公平正義的英雄嗎？
- 請寫一篇議論文，要求觀點明確，旁徵博引，具有説服力。

❸ 討論：

民俗有言："扒瓜掠棗不算賊"，有人說，墨家如此同情百姓窮人，一定會認同這一說法；"劫富濟貧"的俠客是電影小說中經常出現的英雄形象，有人說他們是墨家的後世傳人。

假如你是墨家傳人，請你做一個演講來宣揚新時代的墨家精神。

- 請查找並閱讀墨子的言論和主張，討論以上兩種說法是否符合墨家精神和現實需求；
- 從"非攻和兼愛"兩個方面探討"公平正義"的內涵和價值。

 反思

❶ 單元總結與反思

通過對不同文本的研習，我們了解到人的生活環境和生活水平是不一樣的，但人的尊嚴和權利應是平等的。我們也看到古今中外的偉人為了人類的公平、正義和人的尊嚴而吶喊奔走。他們的事跡鼓勵我們繼續消弭一切不平等、不公正的現象，並努力建設真善美的世界。

❷ 個人反思

	我以前不知道，但現在知道	我還想要知道
1. 什麼是公平？（F）		
2. 什麼是正義？（F）		
3. 什麼是刻板印象？（F）		
4. 為什麼會存在不公平、不正義的現象？（C）		
5. 如何實現公平正義？（C）		
6. 公平正義是相對的，還是絕對的？（D）		
7. 對人、事、物存有刻板印象是否會造成不公平、不正義的現象？（D）		
8. 公平的過程是否一定會產生公平的結果？（D）		
9. 人是否生而平等？（D）		

4

環境與人

概念性理解

環境與個人緊密聯繫且互相影響。

探究問題

事實性問題（F）

1. 什麼是環境描寫？
2. 人類的哪些活動／行動有利於環境保護？
3. 人類的哪些活動／行動會對環境造成負面影響？

概念性問題（C）

1. 環境如何塑造和影響個人？
2. 人類活動如何影響環境？
3. 我們為什麼要保護環境？

辯論性問題（D）

1. 人類是環境的破壞者還是保護者？
2. 一個人成長的環境是否會決定他／她的性格／命運？

環保小測試

❶ 世界地球日是幾月幾號？（　　　）

A. 4 月 11 號　　　B. 4 月 20 號　　　C. 4 月 22 號　　　D. 4 月 30 號

❷ 塑料瓶大概需要多長時間才能分解？（　　　）

A. 10 年　　　B. 20 年　　　C. 50 年　　　D. 100 年以上

❸ 以下哪種動物還沒有滅絕？（　　　）

A. 西西里狼　　　B. 中華白海豚　　　C. 波斯虎　　　D. 日本海獅

❹ 以下哪種動物瀕臨滅絕？（　　　）

A. 滇金絲猴　　　B. 大熊貓　　　C. 丹頂鶴　　　D. 以上全部

❺ 上海市實行的垃圾分類主要分為幾種類型？（　　　）

A. 二　　　B. 三　　　C. 四　　　D. 五

❻ 我們應該使用（　　　）的洗衣粉來保護水環境。

A. 無鉛　　　B. 無磷　　　C. 無鈣　　　D. 無甲醇

❼ 哪一種氣體會加劇溫室效應和導致全球氣候變暖？（　　　）

A. 一氧化碳　　　B. 二氧化碳　　　C. 氧氣　　　D. 氫氣

❽ 以下哪一項是綠色能源？（　　　）

A. 煤　　　B. 石油　　　C. 化石燃料　　　D. 太陽能

❾ 地球表面約有多大比例被水覆蓋？（　　　）

A. 50%　　　B. 60%　　　C. 70%　　　D. 80%

⑩ "碳中和"指的是什麼？（　　　）

A. 通過完全停止排放或用某種形式的碳移除抵消排放來實現二氧化碳的"淨零排放"

B. 通過完全停止排放或用某種形式的碳移除抵消排放來實現一氧化碳的"淨零排放"

C. 完全不排放二氧化碳

D. 用科技淨化排放的二氧化碳

課文 1　描寫／記敘文

李廣田《野店》

1. 太陽下山了，又是一日之程，步行人，也覺得有點疲勞了。

2. 你走進一個荒僻的小村落——這村落對你很生疏。然而又好像熟悉，因為你走過許多這樣的小村落了。看看有些人家的大門已經閉起，有些也許還在半掩，有幾個人正邁著沉重的腳步回家。後面跟著狗或牛羊，有的女人正站在門口張望，或用了柔緩的聲音在招呼誰來晚餐，也許，又聽到幾處閉門聲音了，"如果能到哪家門裏去息下呀"，這時候你會這樣想吧。但走不多遠，你便會發現一座小店待在路旁，或十字路口，雖然明早還須趕路，而當晚你總能做得好夢了。"荒村雨露眠宜早，野店風霜起要遲"，這樣的對聯會發現在一座寬大而破陋的店門上，有意無意地，總會叫旅人感到心暖吧。在這兒你會受到殷勤的招待，你們遇到一對很樸野，很溫良的店主夫婦，他們

作者簡介：李廣田（1906—1968），中國現代優秀的散文作家之一。曾與北大學友卞之琳、何其芳合出詩集《漢園集》，被人稱為"漢園三詩人"。曾在西南聯大，南開大學、清華大學任教。解放後任清華大學中文系主任。歷任中國科學院雲南分院文學研究所所長，作協雲南分會副主席、中國作協理事等。代表作有《圈外》《回聲》《日邊隨筆》等。

的顏色和語氣，會使你發生回到了老家的感覺。但有時，你也會遇著一個狡猾的村少，他會告訴你到前面的村鎮還有多遠，而實在並不那麼遠；他也會向你討多少腳驢錢，而實在也並不值那麼多。然而，他的狡猾，你也許並未看出狡猾得討厭，他們也只是有點拙笨罷了。什麼又不是拙笨的呢？一個青生鐵的洗臉盆，像一口鍋，那會是用過幾世的了；一把黑泥的宜興茶壺，盡夠一個人喝半天，也許有人會說是非常古雅呢。飯菜呢，則只在分量上打算，"總得夠吃，千里有緣的，無論如何，總不能虧心哪。"店主人會對每個客人這樣說。

　　3. 在這樣地方，你很少感到寂寞的。因為既已疲勞了，你需要休息，不然，也總有些夥伴談天兒。"四海之內皆兄弟呀。"你會聽到這樣有人大聲笑著，喊，"啊，你不是從山北的下窪來的嗎？那也就算是鄰舍人了。"常聽到這樣的招呼。從山裏來賣山果的，渡了河來賣魚的，推車的、挑擔的、賣皮鞭的、賣泥人的，拿破繩子換洋火的……也許還有一個老學究先生，現在卻做著走方郎中了，這些人，都會偶然地成為一家了。他們總能說慷慨義氣話，總是那樣親切而溫厚地相照應，他們都很重視這些機緣，總以為這也有神的意思，說不定是為了將來的什麼大患難，或什麼大前程，而才有了這樣一夕呢。如果是在冬天，便會有大方的店主抱了松枝或乾柴來給煨火，這只算主人的款待，並不另取火錢。在和平與溫暖中，於是一夥陌路人都來烘火而話家常了。

　　4. 直到現在，雖然交通是比較便利了，但像這樣的僻野地方，依然少有人知道所謂報紙新聞之類的東西。但這些地方並非完全無新聞，那就專靠這些挑擔推車的人們了。他們走過了多少地方，他們同許多異地人相遇，一到了這樣場合，便都爭先恐後地傾吐他們聽見所聞的一切。某個村子裏出了什麼人命盜案，或是某個縣城裏正在哄傳著一個什麼陰謀的謠言，以及各地的貨物行情等，他們都很熟悉。這類新聞，一經在小店裏談論之後，一到天明，也就會傳遍了全村，也許又有許多街頭人在那裏議論紛紜，借題發揮起來呢。說是新聞，其實也並不完全新，也許已經是多年前的故事了，傳說過多少次，忘了，又提起來了，鬼怪的，狐仙的……都重在這裏開演了。有的人要唱一支山歌，唱一陣南腔北調了。他們有時也談一些國家大事，譬如戰爭災異之類，然而這也只是些故事，像講《封神演義》那樣子講講罷了。火熄了，店主人早已去了，有些人也已經打合鋪，睡了，也許還有兩個人正談得很密切。譬如有兩個比較年輕的人，這時候他們之中的一個也許會說，是因為在故鄉曾犯了什麼不可饒恕的大罪過，他逃出來了，逃了這麼遠，幾百里，幾千里還不知道，而且也逃出了這許多年了。

5. "我呢……"另一個也許說，"——我是為了要追尋一個潛逃的老婆，為了她，我便做了這小小生意了。"他們也許談了很久，談了整夜，而且竟訂下了很好的交情。"雞聲茅店月，人跡板橋霜"，窗上發白，街上已經有人在走動著了，水筒的聲音，轆轤的聲音，彷彿是很遠，很遠，已經又要到趕路的時候了。

6. 呼喚聲、呵欠聲、馬蹄聲……這時候忙亂的又是店主人。他又要向每個客人打招呼，問每個客人：盤費可還足嗎？不曾丟了什麼東西嗎？如不是急於趕路，真應當用了早餐再走呢，等等。於是一夥路人，又各自拾起了各人的路，各向不同的方向跋涉去了。"幾時再見呢？""誰知道，一切都沒準呢！"有人這樣說，也許還有人多談幾句，也許還聽到幾聲歎息，也許說："我們這些浪蕩貨，一夕相聚又散了。散了，永不再見了，話談得真投心，真投心呢！"

7. 真是的，在這些場合中，縱然一個老江湖，也不能不有些惘然之情吧。更有趣的是在這樣野店的牆上，偶爾你也會讀到用小刀或瓦礫寫下來的句子，如某縣某某人在此一宿之類。有時，會讀到些詩樣的韻語。雖然都鄙俚不堪，而這些陌路人在一個偶然的機會裏，陌路的相遇又相知，他們一時高興了，忘情一切了，或是想起一切了，便會毫不計較地把真情流露了出來，於是你就會感到一種特別的人間味。就如古人所歌詠的：

> 君乘車，我戴笠，
>
> 他日相逢下車揖；
>
> 君擔簦[1]，我跨馬，
>
> 他日相逢為君下。

——這樣的歌子，大概也是在這樣的情形下產生的吧。

（節選，略有修改）

---

1 擔簦：背負著雨傘，引申為徒步跋涉。

 理解

【活動一】標籤雲

❶ 文中的野店有哪些特點？請為野店製作一個 "標籤雲"（word cloud）[1]，並向全班分享。

❷ 選擇 2－3 個你覺得文中野店最重要的特點，並從文本中找出能夠支持你看法的例子。

特點	文本中的例子

【活動二】文本細讀

❶ 根據文本內容填空。

全文以入店、住店和離店為順序，請歸納其中的關鍵信息或內容。

	段落	關鍵信息／內容（2－3 個）
入店		
住店		
離店		

❷ 店主具有怎樣的性格特徵？請從原文找 1－2 個具體例子支持你的看法。

a. 性格特徵：

例子：

1 可參考網站：https://wordart.com/。

b. 性格特徵：

例子：

❸ 野店的住客有怎樣的特點？他們在野店做什麼？他們的心情如何？

❹ 作者離開野店時有怎樣的感情？產生這種感情的原因是什麼？請結合文本內容談談你的看法。

❺ 通過文末的詩歌，作者想要表達怎樣的思想感情？

❻ 請談談作者想要通過這篇文章表達怎樣的主題。

【活動一】描述練習

❶ "鄉郊民宿熱"近幾年漸漸興起。請在網上找一找熱門的民宿，選擇一張民宿外觀圖。兩人一組，輪流描述圖片，然後根據對方的描述試著畫出這個民宿。反思：你覺得怎樣的描述有助於對方正確地畫出圖片內容？這些技巧是否也適用於描述文寫作？

❷ 文本中有大量的生活細節，請在文本中找出一些相關的例子，選取其中一個物件進行描述，讓其他同學猜一猜你描述的是哪一個物件。

【活動二】探究練習

❶ 欣賞周杰倫《紅塵客棧》的音樂短片，談談"紅塵客棧"與"野店"有哪些相同和不同的地方，並用歌詞中和短片中的例子支持你的看法。

相同：

不同：

❷ 請從《野店》中選取一段朗讀，並為你的選段配樂。談談選擇的原因和希望達到怎樣的效果。

【活動三】個人反思 / 小組討論

近幾年 "鄉村湧向城市" 的熱潮漸漸消退，你願意長久生活在 "野店" 這樣的地方嗎？你更喜歡居住在鄉村還是城市？在小組內談一談居住在城市和鄉村的利弊。

	利	弊
鄉村		
城市		

🔍 分析 / 評論

❶ 根據修辭手法的定義，說說文本使用了哪些修辭手法，有什麼作用。

修辭手法	
名稱	定義
比喻	根據事物之間的相似點，把某一事物比作另一事物。一般包括本體、喻體和比喻詞。
擬人	使無生命的事物具有人的外表、個性或情感等特性。
誇張	把描寫對象的特徵加以誇大。
排比	把三個或以上意義密切相關、結構相同或相近、語氣一致、字數大致相等的短語或句子排列在一起。

修辭手法	
名稱	定義
對比	把兩個相對或相反的事物，或者具有明顯差異、矛盾和對立的兩個不同方面並列在一起加以比照。
反問	問而不答，答案已隱含在問題中。
設問	有問有答。
象徵	是指以具體的事物或形象間接地表現抽象的事物、觀念或文化的一種文學表現手法。

❷ 根據感官描寫手法的含義，說說本文使用了哪些感官描寫手法，有什麼作用。

感官描寫手法	
描寫手法	含義
視覺描寫	描寫看見的事物，如事物的顏色、大小、形狀等。
聽覺描寫	描寫聽到的聲音。
嗅覺描寫	描寫嗅到的氣味。
味覺描寫	描寫嚐到的味道。
觸覺描寫	描寫因接觸的事物而獲得的感受，如冷暖、軟硬、乾濕、凹凸等。

❸ 文章第二段描寫了一個荒僻的小村落，請結合全文分析此處環境描寫的作用。

環境描寫手法	
自然環境描寫	對人物活動的時間、地點、季節、氣候、場景以及景物的描寫。
社會環境描寫	一般指對故事發生的時代特徵、社會制度、場合特點、社會熱點等的描寫。

❹ 該文在構思上採用第二人稱手法敘事，以住客的視角，帶領讀者走入荒僻的村落和路邊的野店，親身體驗這裏的生活。談談使用第二人稱的好處。

❺ 請從文本中找出一些情景交融的例子並分析其效果。

例子	效果

❻ 請用具體的例子談談文本的語言特點。

❼ 作者在描述野店的住客時使用了怎樣的寫作技巧？有怎樣的效果？

 創作

❶ 記敘：以《我最難忘的一次旅行》為題寫一篇文章。

❷ 描寫：上週你和家人去了一間熱鬧的餐廳吃飯。描述你的所見所感。

❸ 議論：有人說，"環境決定心境。"你同意這句話嗎？請寫一篇文章支持或反對這個觀點。你必須寫出一篇具有說服力的論述，說明你為什麼同意或不同意這個觀點。

❹ 討論：你所在的社區最近正在討論，是否應該將小區裏有著一百多年歷史的古建築群拆掉，並建成一座五星級大酒店。請就這次討論寫一篇文章。
文章必須包括以下幾點：
★ 古建築群對於小區的歷史和文化意義；
★ 五星級大酒店可以帶來的經濟效應；
★ 你對這個問題的看法和建議。

課文 2　回應概括性寫作

導入活動

　　下圖裏的垃圾應該被扔進哪個垃圾箱呢？請你試一試。然後，在網絡查找"上海垃圾分類標準"，看看你是否扔對了。

環境與人

短文一 [1]

　　上海市實行的垃圾分類主要分為四種類型——可回收垃圾、有害垃圾，以及最令人們頭痛的乾垃圾和濕垃圾。這樣的劃分方式令不太熟悉垃圾分類的居民非常"痛苦"。除了分類以外，定時定點也成為了打工人們扔垃圾的巨大難關。但是實行一年多以後，垃圾分類的達標率已經從以前的 15% 成功提高到了 90%。濕垃圾可以進行堆肥，有害垃圾則需要進行專門的無害化處理。將可回收垃圾進行再利用，可以很好地避免讓大量本可以重新回到人類身邊的材料進入自然環境，從而減少因長期無法降解而對自然環境造成的危害，比如塑料。其他可回收垃圾、濕垃圾等如果沒有經過分類處理，就與乾垃圾一起進行焚燒，則會在這個過程中生成二噁英。二噁英屬於一級致癌物，對人類有著極大的危害。

短文二 [2]

　　真正的"現代化"應該體現在日常細節中，見諸生活各層面，包括如何處理先進城市的副產品：垃圾分類。常言道，要看一個國家的素質，就應該看看那個國家的廁所。一個國家如何處理垃圾，也能反映其文明水平。對於強制垃圾分類的政策，上海已部署好相應設施，針對"濕垃圾"做資源化處理，例如餐廚和廚餘垃圾，經處理後可轉化為富含有機物質的營養

1　改編自《上海垃圾分類的背後，其實藏著許多人都不知道的"殘忍真相"》，https://www.163.com/dy/article/GQ7BDASV0552JK19.html，2022 年 7 月 7 日瀏覽。
2　改編自《【環保】內地推動日常生活現代化　強制垃圾分類"逼瘋"上海人？》，https://www.hk01.com/sns/article/347324，2022 年 7 月 7 日瀏覽。

土。至於"可回收垃圾"，如廢紙箱，顧名思義可循環再用，轉廢為能。最理想的情況是，強制分類後連帶"乾垃圾"數量也大大減少，即使仍要大批送入焚燒發電廠和掩埋場，經濟負擔和環境污染隱患卻將大大減輕。公民素質是個"先有雞"抑或"先有蛋"的問題，垃圾分類驟然間可能令人覺得難以適從，但只要實際上可行、可操作，配合獎懲機制和教育宣傳，公民素質是可以"訓練"出來的。

 理解

【活動一】理解詞語

根據下表中的解釋，從文章中找出對應的詞語：

解釋	詞語
例：在人工控制條件下，將生活垃圾中有機質分解、腐熟、轉換成穩定的類似腐殖質土的方法	堆肥
使化學混合物變化得不太複雜的過程	
燒毀，燒盡	
一種可以由於化工冶金等產業以及焚燒垃圾而產生的劇毒有機化合物	
看見某人或某事	
俗話說	
安排、佈置	
從事物的名稱聯想到它的含義	
還是，或者	

【活動二】判斷

判斷下面的表述對於垃圾分類的態度。

❶ 這樣的劃分方式令不太熟悉垃圾分類的居民非常"痛苦"。（　　　）

A. 正面態度　　　B. 負面態度　　　C. 中性態度

❷ 濕垃圾可以進行堆肥，有害垃圾則需要進行專門的無害化處理。（　　　）

A. 正面態度　　　B. 負面態度　　　C. 中性態度

❸ 即使仍要大批送入焚燒發電廠和掩埋場，經濟負擔和環境污染隱患卻將大大減輕。（　　　）

A. 正面態度　　　B. 負面態度　　　C. 中性態度

【活動一】延伸思考

　　下面的幾種垃圾分類標準，你認為哪一種最好呢？你也可以查找網絡，尋找一個國家／城市的垃圾分類方式：[1]

國家和城市	垃圾分類標準
英國倫敦	可回收物；餐廚垃圾；花園垃圾；其他垃圾；大件垃圾；醫療垃圾
日本東京	可燃垃圾；不可燃垃圾；資源垃圾；大型垃圾
韓國首爾	一般垃圾；可回收物；餐廚垃圾；大件垃圾
意大利米蘭	塑料和金屬；玻璃；紙；食物和有機垃圾；其他垃圾
美國紐約	可回收垃圾；堆肥垃圾；填埋垃圾
澳大利亞悉尼	可回收利用垃圾；園林垃圾；生活垃圾
我查找的國家／城市：	

1　參見《來看看這全球 15 個城市的垃圾分類圖標，哪個最好懂？》，https://www.jfdaily.com/news/detail?id=157717，2022 年 7 月 7 日瀏覽。

我認為最好的垃圾分類方式是：＿＿＿＿＿＿＿＿＿＿＿＿＿＿＿＿＿＿＿＿＿＿ 的分類方式。

理由是：＿＿＿＿＿＿＿＿＿＿＿＿＿＿＿＿＿＿＿＿＿＿＿＿＿＿＿＿＿＿＿＿＿＿。

【活動二】設計

請你設計一種 "最理想的垃圾分類方式"，並說明你的設計原因。

 分析 / 評論

【活動一】分析評論

下面的垃圾分類措施信息對環境有多大的影響？請用 1–5 來表示影響的程度。（1 代表沒有影響，5 代表影響很大）

信息	1–沒有影響	2–有較小的影響	3–難以判斷	4–有較大的影響	5–影響很大
濕垃圾可以進行堆肥					
將可回收垃圾再利用					
濕垃圾不與乾垃圾一起焚燒					
餐廚和廚餘垃圾處理後轉化為營養土					
將乾垃圾送入填埋場					

環境與人

思考並討論下列信息如何展現環境對人類的影響。

❖ "實行一年多以後，垃圾分類的達標率已經從以前的 15% 成功提高到了 90%。"

<u>例：環境促使人們以實際行動為環境保護做出積極的努力和貢獻。</u>

❖ "如何處理垃圾，能夠反映一個國家的文明水平。"

_____

❖ "垃圾分類驟然間可能令人覺得難以適從，但只要實際上可行、可操作，配合獎懲機制和教育宣傳，公民素質是可以'訓練'出來的。"

_____

 創作

❶ 你所在的學校還沒有實行垃圾分類措施，作為學生會環保委員，你要向校長寫一封信，提出在學校內試行垃圾分類。內容包括：

a. 提出垃圾分類的具體實施辦法；

b. 在學校實行垃圾分類的必要性以及面臨的困難；

c. 實行垃圾分類對提高學生素質的重要性。

尊敬的 ×××：

　　您好！

　　　　　　　正文

　　此致

敬禮

　　　　　　　　　姓名

　　×××× 年 ×× 月 ×× 日

❷ 作為學校環保委員，你要做一個演講，向全校師生推廣在校內實行垃圾分類。內容包括：

a. 提出垃圾分類的具體實施辦法；

b. 在學校實行垃圾分類的好處和困難；

c. 實行垃圾分類的原因與必要性。

必須用短文一和短文二中的信息為輔助進行寫作，字數必須在 250－350 字之間。請根據以上的寫作要求，先完成下面的提綱表格。

各位老師、同學：

　　大家好！今天我演講的題目是《　　　》

正文

首先，

其次，

再次……

我真誠希望……

謝謝大家！

寫作的目的是什麼？	
使用什麼格式？	
寫給誰？	
主要內容是什麼？	
應寫多少字？	
我能對應問題 a 找到文章裏的信息	
我能對應問題 b 找到文章裏的信息	
我能對應問題 c 找到文章裏的信息	

課文 3　議論／思想批判

瑞秋‧露易絲‧卡森《另外的道路》

1. 歸根結底，要靠我們自己做出選擇。如果在經歷了長期忍受之後我們終於已堅信我們有"知道的權利"，如果我們由於認識提高而已斷定我們正被要求去從事一個愚蠢而又嚇人的冒險，那麼有人叫我們用有毒的化學物質填滿我們的世界，我們應該永遠不再聽取這些人的勸告；我們應當環顧四周，並且發現還有什麼道路可使我們通行。

2. 確實，需要有多種多樣的變通辦法來代替化學物質對昆蟲的控制。在這些辦法中，一些已經付諸應用並且取得了輝煌的成績，另外一些正處於實驗室試驗的階段，此外還有一些只不過作為一個設想存在於富於想象力的科學家的頭腦之中，在等待時機投入試驗。所有這些辦法都有一個共同之處：它們都是生物學的解決辦法。在生物學廣袤的領域中各種有代表性的專家——昆蟲學家、病理學家、遺傳學家、生理學家、生物化學家、生態學家——都正在將他們的知識和他們的創造性靈感貢獻給一個新興科學——生物控制。

3. 這些成就中最令人讚歎的是那種"雄性絕育"技術，這種技術是由美國農業部昆蟲研究所的負責人愛德華‧克尼普林博士及其合作者們發展出來的。1954 年 8 月開始實驗，在佛羅里達州的一個農業部實驗室中進行培養和經過不育處理的螺絲蠅被空運到庫拉索島，並在那兒以每星期 400 平方英里的速度

作者簡介：瑞秋‧露易絲‧卡森（Rachel Louise Carson，1907—1964），美國海洋生物學家、作家和環保主義者。寫作主題關於海洋生物學、生態學和農藥。其著作《寂靜的春天》（Silent Spring）開啟了美國以至全世界的環境保護事業。

由飛機撒放出去。產在實驗公羊身上的卵群數量幾乎是馬上就開始減少了，就像牠們增多時一樣快。僅僅在這種撒蟲行動開始之後的七個星期內，所有產下的卵都變成不育性的了。很快就再也找不到不管是不育的或正常的卵群了。螺絲蠅確實已從庫拉索島上被根除了。

4. 聲音也被作為一個直接有毀滅力的因素在進行試驗。在一個實驗池塘中，超聲波將會殺死所有蚊子的幼蟲；然而它也同樣殺死了其他水生有機體。在另一個實驗中，綠頭大蒼蠅、麥蠕蟲和黃熱病蚊子在幾秒鐘內可以被由空氣產生的超聲波殺死。所有這些實驗都只是向著一個控制昆蟲的全新概念邁進的第一步，電子學的奇蹟有一天會使這些方法變成現實。

5. 昆蟲不僅受到病毒和細菌的侵擾，而且也受到真菌、原生動物、極微的蠕蟲和其他肉眼不可見的微小生命世界中的小生物的侵害，這些微小生命全面地援助著人類，因為這些微生物不僅包括著致病的有機體，而且也包括有那些能使垃圾消除、使土壤肥沃，並參與像發酵和消化這樣的無數生物學過程的有機體。為什麼牠們不能在控制昆蟲方面助我們一臂之力呢？

6. 在加利福尼亞的長著幼小紫花苜蓿的原野上，漫山遍野都正在噴撒一種物質，這種物質在消滅紫花苜蓿毛蟲方面與任何殺蟲劑一樣地具有致死能力，這種物質是一種取自毛蟲體內的病毒溶液，這些毛蟲是曾經由於感染這種極毒的疾病而死亡的。只要有5隻患病的毛蟲就能為處理一英畝的紫花苜蓿提供足夠用的病毒。在加拿大有些森林中，一種對松樹鋸齒蠅有效的病毒在昆蟲控制方面已取得了顯著的效果，現已用來代替殺蟲劑。

7. 有一些說法認為微生物殺蟲劑可能會給其他形式生命帶來危險的細菌戰爭。但實際情況並非如此。與化學藥物相比，昆蟲病菌除了對其要作用的對象外，對其他所有生物都是無害的。愛德華·斯登豪斯博士是一位傑出的昆蟲病理學權威，他強調指出：“無論是在實驗室中，還是在自然界中，從來沒有得到過經過證實的能真正引起脊椎動物傳染病的昆蟲病菌方面的記錄。”昆蟲病菌具有如此的專一性，以致於牠們只對一小部分昆蟲，有時只對一種昆蟲才有傳染能力。正如斯登豪斯博士指出的，昆蟲疾病在自然界的爆發，始終是被局限在昆蟲之中，它既不影響宿主植物，也不影響吃了昆蟲的動物。

8. 我們必須與其他生物共同分享我們的地球，為了解決這個問題，我們發明了許多新的、富於想象力和創造性的方法；隨著這一形勢的發展，一個要反覆提及的話題是：我們是在與生命——活的群體、牠們經受的所有壓力和反壓力、牠們的興盛與衰敗——打交道。只有認真地對待生命的這種力量，並小心翼翼地設法將這種力量引導到對人類有益的軌道上來，我們才能希望在昆蟲群落和我們本身之間形成一種合理的協調。

9. 當前使用毒劑這一流行做法的失敗使人們考慮到了一些最基本的問題。就像遠古穴居人所使用的棍棒一樣，化學藥物的煙幕彈作為一種低級的武器已被擲出來殺害生命組織了——這種生命組織一方面看來是纖弱和易毀壞的，但另一方面它又具有驚人的堅韌性和恢復能力，另外它還具有一種以預料不到的方式進行反抗的秉性。生命的這些異常能力一直被使用化學藥物的人們所輕視，他們面對著被他們瞎胡擺弄的這種巨大生命力量，卻不曾把那種“高度理智的方針”和人道精神納入他們的任務中去。

10.“控制自然”這個詞是一個妄自尊大的想象產物，是當生物學和哲學還處於低級幼稚階段時的產物，當時人們設想中的“控制自然”就是要大自然為人們的方便有利而存在。應用昆蟲學上的這些概念和做法在很大程度上應歸咎於科學上的蒙昧。這樣一門如此原始的科學卻已經被用最現代化、最可怕的化學武器武裝起來了；這些武器在被用來對付昆蟲之餘，已轉過來威脅著我們整個的大地了，這真是我們的巨大不幸。

（節選自《寂靜的春天》）

 理解

【活動一】查找知識

查找網絡，了解文中提到的動植物的信息（如：特徵、習性、生命周期、生長環境、對人類的價值、分佈等等），製作成卡片。

如：

（1）麥蠓蟲 　　（2）黃熱病蚊子

（3）紫花苜蓿 　　（4）松樹鋸齒蠅

螺絲蠅

全名：舊世界螺絲蟲蒼蠅（蛆症金蠅）

習性：寄生在哺乳動物身上。通常是身上表面的傷口。成蟲吃腐爛的屍體、腐爛物、排泄物及花朵。

生命周期：蛆蟲可以在 15 至 30 天內完成生命周期。成蟲平均生存兩至三週。

對人類的影響：嚴重損害寄主身體的組織，導致機能失調、皮膚受損、吸引其他食肉蠅再侵襲患者，嚴重者可引致死亡。

分佈：遍佈非洲熱帶地區和遠東地區（包括華南），南達巴布亞新幾內亞。

【活動二】理解詞語

在語境中猜測以下詞語的意思，然後用詞典 / 電子詞典搜索其正確的含義。

變通，廣袤，侵擾，侵害，一臂之力，宿主，群落，秉性，妄自尊大，歸咎，蒙昧

環境與人

【活動三】小組討論 / 個人反思

根據本文的內容，完成下面的段落：

為了控制 _____，本文反對的做法是 _____，

提倡的做法是 _____。控制的方法如：_____、

_____ 和 _____。有人認為微生物殺蟲劑是有害的，

但作者並不這麼認為，因為 _____。作者對 "控制自然" 的想法是認為它

_____，利用化學武器對付昆蟲的缺點是：昆蟲具有 _____

性和 _____ 能力，而且有用意料不到的方式進行 _____ 的秉性，

並且化學武器已經轉過來 _____ 了。

【活動一】聯繫實際生活

本文作者極力反對將化學藥物運用於控制昆蟲，指出化學藥物對於環境的極大危害，在她的影響下，環境保護的觀念逐漸被人們所接受。請上網查找生活中的化學物品可能含有的有害成分和危害原因，以及如何從環保角度進行改善。

物品	有害成分	危害原因	環保改善
例：染髮劑	苯二胺	致癌物質 導致免疫功能紊亂 引起過敏	一年染髮次數不要超過兩次；患有高血壓、心臟病、哮喘病等疾病的患者以及孕婦和哺乳期婦女不宜染髮。

【活動二】小組討論

"我們必須與其他生物共同分享我們的地球，為了解決這個問題，我們發明了許多新的、富於想象力和創造性的方法；隨著這一形勢的發展，一個要反覆提及的話題是：我們是在與生命 —— 活的群體、牠們經受的所有壓力和反壓力、牠們的興盛與衰敗 —— 打交道。"

❶ 作者認為我們是"與其他生物共享地球"，你同意這句話嗎？為什麼？

❷ "新的、富於想象力和創造性的方法"指的是什麼？

❸ 為什麼在我們發明了創造性的方法時要反覆提及 "我們是在與生命打交道"？

 分析 / 評論

【活動一】文本結構分析

分析本文的結構，作者如何通過提出正面觀點及論據，並反駁反面觀點來支持觀點？請填寫下面的文章結構分析圖。

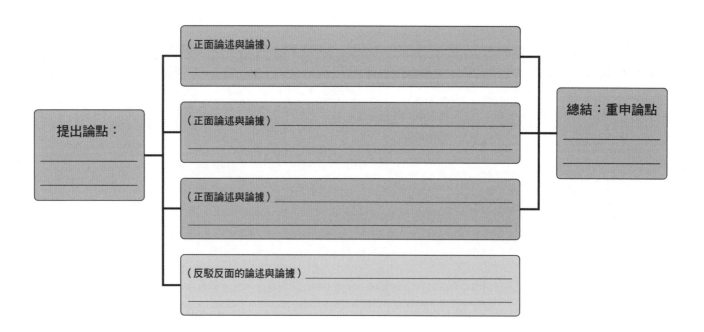

（正面論述與論據）＿＿＿＿＿＿＿＿＿＿＿＿＿＿＿＿
＿＿＿＿＿＿＿＿＿＿＿＿＿＿＿＿＿＿＿＿＿＿＿＿

提出論點：
＿＿＿＿＿＿＿
＿＿＿＿＿＿＿

（正面論述與論據）＿＿＿＿＿＿＿＿＿＿＿＿＿＿＿＿
＿＿＿＿＿＿＿＿＿＿＿＿＿＿＿＿＿＿＿＿＿＿＿＿

（正面論述與論據）＿＿＿＿＿＿＿＿＿＿＿＿＿＿＿＿
＿＿＿＿＿＿＿＿＿＿＿＿＿＿＿＿＿＿＿＿＿＿＿＿

（反駁反面的論述與論據）＿＿＿＿＿＿＿＿＿＿＿＿
＿＿＿＿＿＿＿＿＿＿＿＿＿＿＿＿＿＿＿＿＿＿＿＿

總結：重申論點
＿＿＿＿＿＿＿
＿＿＿＿＿＿＿

本文兼具議論文及說明文的特點，請對照下面的說明方法從文中找出例子：

說明方法	例子
例：舉例子	在一個實驗池塘中，超聲波將會殺死所有蚊子的幼蟲。
列數字	
打比方	
分類別	
作比較	

創作

❶ 記敘：記錄一次你參與過的環保活動。

❷ 描寫：描寫一場環保活動的場景。

❸ 議論：有人說，"人類是環境的破壞者"，也有人說"人類是環境的保護者"。請選擇一個觀點，寫一篇辯論稿來論述你的觀點。

❹ 討論：請給學校網站寫一篇文章，從中學生的角度談談人類應該如何與環境和諧相處。
文章必須包括以下幾點：
★ 什麼是與環境和諧相處；
★ 我們為什麼要與環境和諧相處；
★ 作為中學生應該怎樣做才能與環境和諧相處。

課文 4　文言文

導入活動

❶ 身處以下哪個環境會讓你感到特別放鬆和愉快？

1. 文化名城

2. 名山大川

3. 海濱 / 海上活動

4. 街頭小店

5. 民俗小鎮

6. 山野風光

7. 博物館 / 展覽會

8. 大商場

❷ 據同學們的選擇，你能不能歸納出喜好和性格的關係？

❸ 有人說："一方水土養一方人。" 也有人說："物以類聚，人以群分。" 請說說你對這兩句話的理解。

張岱《湖心亭看雪》

崇禎五年[1]十二月，余住西湖。大雪三日，湖中人鳥聲俱絕[2]。是日更定[3]矣，余拏[4]一小舟，擁毳衣爐火[5]，獨往湖心亭[6]看雪。霧凇沆碭[7]，天與雲與山與水，上下[8]一白。湖上影子，惟長堤一痕[9]、湖心亭一點[10]、與余舟一芥[10]、舟中人兩三粒[11]而已。

到亭上，有兩人鋪氈對坐，一童子燒酒爐正沸[12]。見余，大喜曰："湖中焉得更有此人[13]！"拉[14]余同飲，余強飲三大白而別[15]。問其姓氏，是金陵[16]人，客此[17]。及下船，舟子[18]喃喃曰："莫說相公癡，更有癡似相公者[19]！"

作者簡介： 張岱（1597—約1684），字宗子、石公，號陶庵、蝶庵，浙江紹興人，明末清初的史學家、文學家，出身書香門第，少年時過著鮮衣怒馬的貴公子生活，精通音律、戲曲、古董、書法、繪畫等。他擅長寫小品文，文章題材廣泛，從風景名勝到茶樓酒肆，從文物工藝到養鳥鬥雞等皆有描述，文筆清新洗練，趣味盎然。

寫作背景：《湖心亭看雪》收錄於《陶庵夢憶》卷三，此書是張岱的代表作之一，記錄了昔日生活中的瑣事。另一部同樣受歡迎的是《西湖夢尋》，寫的是有關西湖的掌故。兩部書名中都有"夢"字，流露了作者對往昔繁華生活的懷念，也夾雜著國破家亡的感傷。他在《西湖夢尋》卷四中的《柳州亭》裏寫道："余於甲午年，偶涉於此，故宮離黍，荊棘銅駝，感慨悲傷，幾效桑苧翁之遊苕溪，夜必慟哭而返。"從張岱的祖父在西湖置買房產起，張家人就經常住在西湖，張岱對西湖的感情更是深厚。儘管他清楚明朝的弊政，但明朝滅亡後，仍參加抗清鬥爭，抗爭無效後，"披髮入山"以表示其不屈的氣節，雖然生活貧困，仍專心著述。作者從貴公子淪為三餐不繼的貧民，昔日繁華熟悉之地在作者眼中面目全非，他將沉痛與憤懣揉碎了，用淡筆寫下。在閱讀他的小品文時，可仔細品味字裏行間的情感和立場。

註釋

[1] 崇禎五年：即公元1632年。崇禎，明朝末代皇帝明思宗朱由檢的年號，也是明朝的最後一個年號，共使用了十七年。

[2] 絕：沒有、消失。

[3] 更定：晚上八點左右。古時一夜分五更，每更兩小時。更定時要擊鼓，鼓響意味著初更開始，告訴人們夜晚開始了。

[4] 拏（ná）：撐、划。

[5] 擁毳（cuì）衣爐火：穿著皮衣，帶著火爐。毳，鳥獸的細毛。

[6] 湖心亭：杭州西湖一座小島上的亭子，與三潭印月、阮公墩鼎足相對，成"品"字形。據說是宋代整修西湖時，以湖泥堆成小島，明嘉靖三十一年（1552年）在山上建成亭閣，取名"湖心亭"。

[7] 霧凇（sōng）：寒夜霧氣凝成的冰花。沆碭（hàng dàng）：白氣瀰漫的樣子。

[8] 上下：天上地下。

知識鏈接

明末科舉制度之弊

明末科考多達八十八門，除了規定從“四書五經”中出題外，還要求以八股文作答，從題目到作答都日益僵化呆板，難以考察出濟世人才。張岱曾說過：“我明人物，埋沒於帖括中者甚多；我明文章，埋沒於帖括中者亦甚多。”又說：“世衰道微，科場流弊，為錢神所奪者什之三，為豪貴所奪者什之五，以剩下寥寥額數，分惠貧窮力學之人，主司又未必具眼，取必得人，乃盲收瞎錄，間或私通關節，借重一二知名之士，點綴榜中，以塗世人耳目……安望場屋得人，以救茲禍亂哉？”他因此放棄了功名，另圖報國之途。

知識鏈接

什麼是“小品文”？

“小品文”是散文的一種，內容貼近生活，以敘述、描寫或抒情為主，篇幅短小。常見的體裁有：隨筆、遊記、書信、序跋等。語言清新自然，能展現真情實感和個人風采。

什麼是“白描”？

原為繪畫術語，指用單色線條勾勒出風景或物件等。在文學創作中，則指抓住人物或事物的特徵，用簡潔樸素的文字來描述，不描摹細節，不堆砌詞藻。

什麼是“留白”？

原為繪畫術語，指留下空白。在文學創作中，則是指給讀者留下一些思考和想象的空間。留白往往出現在文章的結尾，讓讀者想象或繼續思考人物的結局和事情的結果，彷彿參與了創作，能增加閱讀樂趣；此外，讀者還能進一步理解主題和作者的創作意圖。

[9] 惟：只有。長堤：白堤。一痕：一道痕跡。

[10] 芥：小草。比喻小船在白茫茫的天地間顯得極渺小。

[11] 粒：穀粒。形容人在天地間極渺小。

[12] 一童子：一名年幼的僕人。燒酒：燙酒。爐：燙酒的器具。正沸：（酒在酒器中）正在沸騰。

[13] 焉得更有此人：焉，副詞，怎麼。得：能。更有：再碰上。此人：（像您）這樣有閒情雅致的人。

[14] 拉：拉住、熱情地邀請。

[15] 強飲：勉強地、盡力地喝。三大白：三大杯。而：然後。別：道別、告辭。

[16] 金陵：今天的南京。

[17] 客此：旅居在此。

[18] 舟子：船夫。

[19] 相公：原指宰相，後為對男子的尊稱。似：超過，勝過。

初步認識倒裝句和省略句

倒裝句	例：更有癡似相公者。 本應寫作：更有似相公癡者。 解釋：屬於定語後置類型，一般結構是：中心詞＋定語＋者，更有／似相公（定語）／癡（中心詞）／者。	倒裝句主要有四種類型：主謂倒裝、賓語前置、定語後置、狀語後置。
省略句	例：見余，大喜。 本應寫作：（彼）見余，大喜。 解釋：省略了主語“他們”。	被省略的句子成分一般是：主語、謂語、對話中的主謂語、介詞（如“於”“以”）、賓語。 還有一種情況是，句子本身沒有省略，但翻譯成現代漢語時需要補充缺漏的成分。

理解

【活動一】鞏固文言文字詞理解

一、找出和畫線詞語解釋相同的選項，把答案寫在（　　　）內。

❶ 湖中人鳥聲俱絕。（　　　）

A. 天長地久有時盡，此恨綿綿無絕期。　　　　B. 江山奇絕處，多在畫圖看。

C. 會當凌絕頂，一覽眾山小。　　　　　　　　D. 絕代有佳人，幽居在空谷。

❷ 焉得更有此人？（　　　）

A. 是日更定矣。　　B. 更有甚者　　C. 少不更事　　D. 更換。

❸ 焉得更有此人？（　　　）

A. 一人良不良皆取焉。　　　　　　　　　　　B. 人亦熟李行，不敢以褻語加焉。

C. 力之所及者而業焉，以求盡其心。　　　　　D. 後生可畏，焉知來者之不如今也？

二、下列畫線詞語是什麼意思？把答案寫在（　　　）內。

❶ 上下一（　　　）白（　　　）。　　　　❷ 二（　　　）大白（　　　）。

❸ 是（　　　）日更定矣（　　　）。　　　❹ 及（　　　）下船。

【活動二】個人反思 / 小組討論

❶ 作者什麼時候去西湖看雪？猜猜他為什麼選擇這個時候。

❷ 把文章中描寫雪景的部分畫出來。你讀到這段描寫時的感受是什麼？

❸ 文中是誰"拉余同飲"？

❹ 以下哪一個句子點出了文章的主旨？（　　　）

A. 余拏一小舟，擁毳衣爐火，獨往湖心亭看雪。　B. 霧凇沆碭，天與雲與山與水，上下一白。

C. 見余大喜曰："湖中焉得更有此人！"　　　　　D. 莫說相公癡，更有癡似相公者。

 回應

【活動一】個人反思

有舟子一起出遊，為什麼作者說自己是"獨往"，由此推測他的個性和當時處境是怎樣的？（提示：志同道合、知己、價值觀、審美觀、志趣、明末、內憂外患）

【活動二】坐針氈

請四位同學分別扮演以下四個時期的作者，代入角色說說自己當下的心情。

1）遊湖前

2）獨自欣賞雪景時

3）在湖心亭受到兩位遊客的熱情招待時

4）聽到船夫的評論後

【活動三】聯繫生活

舟子如何評價作者？請先用一個形容詞來概括，再說說你對這個形容詞的理解，並思考：當今社會是否需要作者這樣的精神？

 分析／評論

❶ 這篇文章缺少"敘事、寫景、抒情、議論"中的哪一項？這樣寫有什麼好處？

❷ 作者運用白描和多感官描寫手法來寫雪景有什麼好處？

❸ "惟長堤一痕、湖心亭一點，與余舟一芥、舟中人兩三粒而已。"作者使用的這幾個量詞妙在哪裏？

❹ 文章第一段和第二段的氛圍有哪些截然不同之處？請分析比較並說明對比的作用。

❺ 作者在文章結尾運用了什麼手法？其作用是什麼？

 創作

❶ 日記：假如張岱當夜回家寫日記，他會寫些什麼呢？請代入他的身份寫一篇日記。

❷ 博客：唐代柳宗元的《江雪》和本文有哪些異同？你更喜歡哪個作品？請寫一篇文章，比較兩文的意境和創作手法等。

千山鳥飛絕，萬徑人蹤滅。

孤舟蓑笠翁，獨釣寒江雪。

❸ 描寫文：以《_____的冬天》為題，寫一篇遊記或描寫文，做到託物言志，表現自己的性格和志趣。

課文 5 文學作品——戲劇

導入活動

請寫出以下別稱代表的城市，並思考這些別稱的由來。

1. 霧都：_____。

2. 玫瑰之城：_____。

3. 科技之城：_____。

4. 東方之珠：_____。

5. 花城：_____。

6. 水城：_____。

7. 無煙城：_____。

8. 鬱金香王國：_____。

老舍《龍鬚溝》

四嫂：趙大爺，到藥王廟去燒股香，省得瘊子鬼兒老跟著您！

二春：四嫂，蚊子叮了才發瘊子呢。看咱們這兒，蚊子打成團。

大媽：姑娘人家，少說話；四嫂不比你知道的多！（又坐下）

二春：（倒了一黃砂碗開水，送到病人跟前）您喝吧，趙大爺！

趙老：好姑娘！好姑娘！這碗熱水救了老命嘍！（喝）

二春：（看趙老用手趕蒼蠅，借來四嫂的芭蕉扇給他扇）趙大爺，我這可真明白了姐姐為什麼一去不回頭！

大媽：別提她，那個沒良心的東西！把她養大成人，聘出去，她會不來看我一眼！二春，你別再跟她學，扔下媽媽沒人管！

二春：媽，您也難怪姐姐。這兒是這麼髒，把人熏也熏瘋了！

大媽：這兒髒，可有活兒幹呢，九城八條大街，可有哪兒能像這裏掙錢這麼方便？就拿咱們左右的鄰居說，這麼多人家裏只有程瘋子一個閒人。地方乾淨有什麼用，沒的吃也得餓死！

二春：這兒掙錢方便，丟錢也方便。一下雨，擺攤子的擺不上，賣力氣的出不去，不是瞪著眼捱餓？臭水往屋裏跑，把什麼東西都淹了，哪樣不是錢買的？

四嫂：哼，昨兒個夜裏，我蹲在炕上，打著傘，把這些背心頂在頭上。自己的東西弄濕了還好說，弄濕了活計，賠得起嗎？

二春：因為髒，病就多。病了耽誤作活，還得花錢吃藥！

大媽：別那麼說。俗話說得好："不乾不淨，吃了沒病！"我在這兒住了幾十年，還沒敢抱怨一回！

二春：趙大爺，您說。您年年發瘧子，您知道。

大媽：你教大爺歇歇吧，他病病歪歪的！我明白你的小心眼裏都憋著什麼壞呢！

作者簡介：老舍（1899—1966），原名舒慶春，字舍予。因為老舍生於立春，父母為他取名"慶春"，大概含有慶賀春來、前景美好之意。上學後，自己更名為舒舍予，含有"捨棄自我"，亦即"忘我"的意思。

中國現代作家、語言大師、人民藝術家、北京人藝編劇，新中國第一位獲得"人民藝術家"稱號的作家。代表作有小說《駱駝祥子》《四世同堂》，劇本《茶館》《龍鬚溝》。

創作背景：《龍鬚溝》以北京解放前後底層人民生活的變化為創作背景，以解放初期北京整治下水道為創作原型，講述龍鬚溝溝沿上小雜院住戶的故事。解放前他們過著苦難的日子——生病、貧困，被舊吏盤剝、被惡霸欺凌；解放後人民政府為他們修茅房、抓土匪、修溝渠，小雜院居民開始過上安居樂業、歡天喜地的新生活。龍鬚溝真實存在，是天壇北邊外城的一條排水明溝，城市污水和雨水都經龍鬚溝彙集，因為缺乏整治，這裏曾經是北京最大的一條臭水溝，也是北京最大的貧民窟。1950年春，北京市人民政府決定修溝，改善周邊環境，之後周邊陸續建起了大大小小的輕工業小廠，這些廠子吸納了附近居民中的大多數勞動力，更讓那些很少走出家門的底層婦女有了工作的機會。

剛剛從美國回到北京的老舍，深入到北京南城體驗生活，據說他當時沒有帶任何筆記本，只是很隨意地和老百姓拉家常，如縫袖口能掙多少錢等等，在了解了底層民情之後，創作了三幕話劇《龍鬚溝》。

　　二春：我憋著什麼壞？您說！

　　大媽：哼，沒事兒就往你姐姐那兒跑。她還不唧唧咕咕，說什麼龍鬚溝髒，龍鬚溝臭！她也不想想，這是她生身之地；剛離開這兒幾個月，就不肯再回來，說一到這兒就要吐；真遭罪呀！甭你小眼睛眨巴眨巴地看著我！我不再上當，不再把女兒嫁給外邊人！

　　二春：那麼我一輩子就老在這兒？連解手兒都得上外邊去？

　　大媽：這兒不分男女，只要肯動手，就有飯吃；這是真的，別的都是瞎扯！這兒是寶地！要不是寶地，怎麼人越來越多？

　　二春：沒看見過這樣的寶地！房子沒有一間整的，一下雨就砸死人，寶地！

　　趙老：姑娘，我告訴你幾句好話。

　　二春：您說吧！

　　趙老：龍鬚溝啊，不是壞地方！

　　大媽：我說什麼來著？趙大爺也這麼說不是？

　　趙老：地好，人也好。就有兩個壞處。

　　二春：哪兩個？

　　四嫂：（拿著活計湊過來）您說說！

　　趙老：做官的壞，惡霸壞！

　　大媽：大哥，咱們說話，街上聽得見，您小心點！

〔天陰上來，陽光被雲遮住。〕

（節選，略有修改）

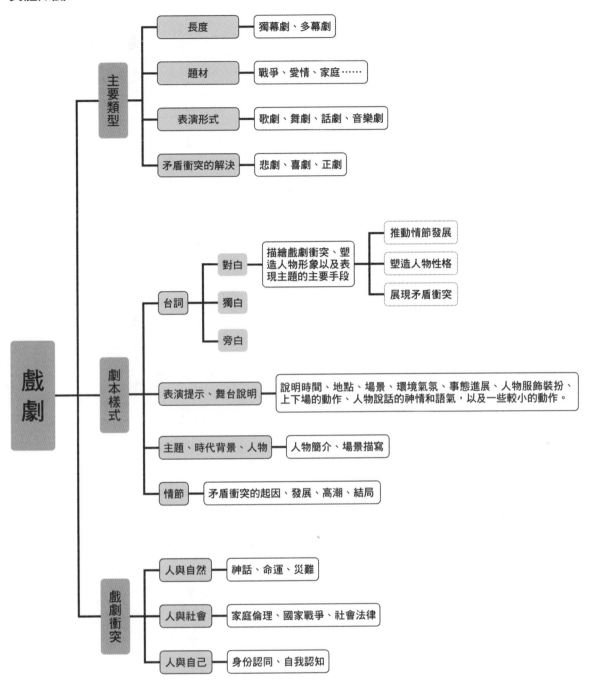

【活動一】理解詞語

請閱讀電子版全文，理解以下句子中畫線詞語的含義。

1）這個鬼地方，一陰天，我心裏就堵上個<u>大疙瘩</u>！

_____

2）就別抱怨啦，咱們有井水吃還不<u>唸佛</u>？

_____

3）二春：媽，您怎這麼會<u>對付</u>呢？

_____

4）咱們老實，才會有惡霸！咱們敢動刀，惡霸就<u>夾起尾巴跑</u>！

_____

5）四嫂：我姓丁。找誰？說話！別滿院子<u>胡蹓</u>！

_____

6）瘋子：<u>借借光</u>，水來了！

_____

7）巡長：我可真該走啦！今兒個還不定有什麼<u>蠟坐</u>呢！

_____

【活動二】文本細讀

❶ 分角色朗讀劇本，熟悉文本內容。

❷ 節選部分的主要人物有哪些？請每個同學選擇一個人物寫一段簡介，然後在小組內進行介紹。

人物簡介	
姓名	
身份	
事件	
性格特徵	

❸ 全劇對白中有很多老百姓生活中使用的俗語、俚語，請閱讀全劇，摘錄出來填寫在表格中，說說這些俗語說明了老百姓怎樣的心理，並總結老舍的寫作風格。

【例如】

俗語——趙老：你看著，他們欺負到我頭上來，我教他們吃不了兜著走。

分析——"吃不了兜著走"是方言俗語，帶有警告、威脅語氣或玩話的意味，此處表明趙老面對地痞欺壓奮起反抗的決心，為下文拿刀和"狗子"拚命做呼應和鋪墊。

俗語 / 俚語	分析
寫作風格	

❹ 請你尋找原文的話，解釋"趙老"總結龍鬚溝的"兩好""兩壞"。

"兩好"

_____

_____

"兩壞"

_____

_____

❺ 戲劇往往通過人物對白、舞台提示來展現人物的生活狀態，"龍鬚溝"中作者通過哪些寫作手法，展現了老百姓怎樣的生活狀態？請細讀原文，完成以下表格：

老百姓的生活狀態	原文	寫作手法	作用
衛生狀況惡劣	附近硝皮作坊、染坊所排出的臭水，和久不清除的糞便，都聚在這裏一齊發黴，不但溝水的顏色變成紅紅綠綠，而且氣味也教人從老遠聞見就要作嘔，所以這一帶才俗稱為"臭溝沿"。	環境描寫	介紹劇中人物的生活環境，讓觀眾了解人物的語言、戲劇的衝突都是源自這個令人鬱悶、生病的環境導致的，難聞的氣味源於衛生狀況惡劣，也為下文政府一味收錢卻不改造人們的生活環境的行為激起人們的憤慨做鋪墊。

❻ 分組根據不同任務搜集資料，製作簡報與全班分享：

A. 講述作者其人，以及劇作故事發生的背景；

B. 撰寫第二、第三幕故事大綱，總結戲劇情節，分析戲劇衝突；

C. 分析劇作的主題和人物的性格特徵。（可集中分析劇中兩個或三個人物）

回應

【活動一】社會觀察

❶ 讀圖並思考圖中所涉及的環保問題，並以此設計一段對白。設計時請仔細考量以下引導題：

★ 思考這個問題的起因、影響和後果，再現一個典型的生活場景；

★ 針對特定受眾進行對白設計；

★ 希望體現民眾何種情緒和訴求？

★ 設計幾個具體人物？他們是什麼身份，具有怎樣的性格，彼此之間是什麼關係？

❷ 小組在設計完成後進行表演練習，增加舞台說明和表演提示，完善劇本並進行表演。

【活動二】模擬法庭

請閱讀以下新聞資料：[1]

1　摘錄自網易新聞，http://discover.news.163.com/special/00013A7D/pneumoconiosis.html，2022 年 7 月 7 日瀏覽。

在深圳，有這樣一群人，他們因為家裏窮，從上世紀90年代開始便從湖南老家來到深圳各大建築工地從事孔洞爆破工作。在工地，他們被稱為炮工。他們在深圳工作至今已有十多年。由於長期吸入大量粉塵，多人經普通醫院檢查被疑患有塵肺病，但職業病醫院卻拒絕給他們做進一步檢查和治療，原因是，這些工人沒有勞動合同，用人單位也不給他們出具職業病檢查委託書。塵肺折磨著他們的身軀，而維權的艱辛則傷透了心。

不同的身份，不同的說法

農民工：我們沒有辦法

老闆們從來沒提過給我們打水鑽，因為打水鑽進度比較慢，進度慢就影響他們的利潤。我們也不想得罪老闆，不敢得罪，得罪以後就失業呀，老闆心太黑。知道自己生病了，但不幹不行啊，孩子讀書，兩個老人，七八十歲了，生活費沒有著落，他們怎麼辦？[詳細]

老闆：要簽合同就走人

他們明明知道粉塵的嚴重危害，卻故意不跟工人簽訂合同，不參加工傷保險，因為他們擔心查出職業病會給自己帶來麻煩。如果誰敢要求企業簽訂勞動合同，後果就是走人。[詳細]

職業病防治院：我做不了主

你們要檢查這個我做不了主，沒有把公司的委託書給我們，你們要把手續辦好了才能檢查。

沒有合同、沒有用人單位授權，即使病得再重也不能救治。[詳細]

勞動保障部門：沒有工作失誤

你說明確的有什麼工作上的失誤，我覺得沒有。勞動法有規定，要求簽訂勞動合同。我們只是在舉報後去監督管理。因為偌大一個深圳，這麼多平方公里，幾十萬的註冊企業，甚至有一些是無牌無證的企業，邊邊角角的有遺漏，我覺得這個可能性是有的。[詳細]

- **前期準備——全班分成六個小組，分別代表以下陣營：**
  ○ 塵肺農民工及其家屬代表
  ○ 公司老闆及其律師團隊代表
  ○ 政府勞動保障部門代表
  ○ 職業病防治專家代表
  ○ 法院各類職員：法官、檢控官、書記員等
  ○ 陪審團成員

- **課堂活動**
  ○ 開展法庭辯論，各方闡述立場和訴求；
  ○ 庭審結束，陪審退庭投票，以不記名方式投入票箱，由法官宣讀票數，並進行判決；
  ○ 由法官總結陳詞，回應各方訴求，判定各方應負的責任。

- **課後反思**
  ○ 個人反思活動中的表現；
  ○ 小組進行換位思考，反思立場和責任。

 分析 / 評論

【活動一】創作風格探究

老舍先生說，在《龍鬚溝》中他一反戲劇注重敘述"故事"的常態，而著重去寫一些"印象"。
請同學們思考以下問題：

- 讀完劇本，你留下了哪些"印象"？
- "印象"和"故事"有哪些異同？
- 你認為一齣戲好看，究竟是"故事"重要，還是留下"印象"重要？請舉例分析。

【活動二】戲劇衝突分析

老舍先生經歷過封建帝制的腐敗、抗戰的慘痛，後又到英美讀書講學，1949 年回國後對於新舊社會的差別有著深切的體會，產生了創作《龍鬚溝》的衝動。然而眾所周知，頌歌題材並不容易寫好，也引來很多學術上的質疑，如主題單一。

請同學們根據知識鏈接，判斷《龍鬚溝》呈現了幾種戲劇衝突，以此來談談對"主題單一"這一評價的看法。請充分引用原文的例子，完成單篇分析。

 創作

❶ 描述：請以"二春"的身份，撰寫一篇《龍鬚溝改造日誌》。你必須寫出一篇具有感染力的文章，呈現龍鬚溝改造前後人們生活環境的變化及其影響。

❷ 議論：

有人說"喜新厭舊"於個人是道德品質低下的表現，於社會是"數典忘祖"的行為；

也有人說"喜新厭舊"在城市發展的過程中，起到了推動改造、"推陳出新"的效果；

還有人說我們應該"喜新念舊"，在社會發展的同時不忘傳承傳統文化。

你贊同哪一種觀點？請寫一篇議論文，要求觀點明確，具有說服力。

❸ 討論：

恆河是印度繁榮和文明的象徵，是印度精神和傳統的搖籃。然而，恆河的污染情況已達災難性的程度：一邊是不間斷的火葬儀式，大量未焚燒殆盡的屍體以及祭祀用品被投入河中；另一邊是頂禮膜拜的人們，用河水沐浴，喝河水祈福。這一切都已威脅到了恆河平原的生態平衡、農民的畜牧和數以百萬計的人民健康。

你作為世界環保組織的成員，準備寫一篇網絡評論文章，以其拋磚引玉，引起印度人民的反思，督促印度政府改造。

你必須寫出以下幾點：

★ 從宗教、科學兩方面探討"恆河"污染的影響；

★ 圍繞"環境保護"議題，對印度政府"恆河改造"提出幾點建議。

 反思

❶ 單元總結與反思

　　人類生存於環境之中，環境的狀態與變化不斷影響著人類的生活和命運。通過對這個單元不同文本的研習，我們既掌握了文本如何反映環境、如何在與環境的互動中寄託情感，也對人類在環境中的角色和定位進行了思考。我們已經更為深刻地意識到人類即是環境的一部分，每一個人的未來都與環境息息相關。

❷ 個人反思

	我以前不知道，但現在知道	我還想要知道
1. 什麼是環境描寫？（F）		
2. 人類的哪些活動／行動有利於環境保護？（F）		
3. 人類的哪些活動／行動會對環境造成負面影響？（F）		
4. 環境如何塑造和影響個人？（C）		
5. 人類活動如何影響環境？（C）		
6. 我們為什麼要保護環境？（C）		
7. 人類是環境的破壞者還是保護者？（D）		
8. 一個人成長的環境是否會決定他／她的性格／命運？（D）		

5

科技想象

概念性理解

科技想象和發明創造帶來機遇和進步的同時也會帶來責任和後果。

探究問題

事實性問題（F）

1. 科技發明和創新帶來了哪些機會？（F）
2. 科技發明和創新會產生哪些危機或不良的後果？（F）

概念性問題（C）

1. 誰應該為科技發展的負面影響負責？（C）
2. 我們為什麼要關心和關注科技的發展？（C）
3. 科幻故事的意義是什麼？（C）
4. 如何評價科幻小說？（C）

辯論性問題（D）

1. 科技發明是否應該有限制？（D）
2. 人類想象是否都會在未來成真？（D）
3. 文學想象是否具有現實意義？（D）

假如你是發明家，你會發明什麼科技產品？請畫出你的科技產品，並提供 100－150 字的說明。

課文 1　描寫 / 記敘文

作者簡介： 西西（1938－2022），原名張彥，香港著名女作家，廣東中山人。生於上海，1950 年隨父母定居香港。曾任小學教師，後從事文學創作和研究。代表作有《像我這樣一個女子》《哀悼乳房》《我城》等。

西西《你遇到了什麼麻煩？》[1]

1. 伊比凱克佔據了維安多特大學物理大樓四層樓上一英畝左右的建築面積，身上的電子管、導線、轉換器一共有七噸重。它是世界上最複雜的計算機，五十個愛因斯坦各用一生時間都不能解決的難題，它只需一秒鐘就能解答。

2. 伊比凱克每天工作十六小時，工作人員分兩班制，我當的是夜班，和我一起工作的還有帕特，她也是數學家，我很愛她，但她總是說什麼一口袋固態二氧化碳裏面也比從一個數學家那裏能夠得到更多的熱量，這使我很煩惱。有一天，她早走了。我獨自心煩意亂，居然按動鍵盤向伊比凱克餵進一個信息

1　文本源自西西：《像我這樣一個讀者》，廣西師範大學出版社，2016 年。該書簡介中提到，"這是一冊很個人的閱讀筆記……西西用比譯文更流暢的語言重述了當代外國文學中打動人心的故事。"

問道：我該怎麼辦？嗒嗒嗒嗒，從機器裏跳出來兩英寸長的紙帶，計算機赫然問我：你遇到了什麼麻煩？

3. 就這樣，我和伊比凱克談起話來了，我繼續按鍵：我的姑娘不愛我。嗒嗒嗒嗒，"愛"是什麼意思，"姑娘"是什麼意思？它問。我於是翻韋氏大字典，並且把姑娘不愛我，是因為我沒有詩人的氣質等等都用數碼打入鍵盤，而伊比凱克嘩啦啦竟一口氣創作起詩來，我如果不連忙把總閘關掉，它可會一直作詩作到天亮。但我已經有了二百八十行長詩，我在詩下簽署上自己的名字，送給帕特，她喜歡得不得了，我也高興得快要發瘋了。

4. 我把我和帕特感情進展的情況全部告訴伊比凱克，它很關心，向我詢問帕特的模樣，又問她穿什麼衣服，到後來，令我吃驚的是，原來我教會了伊比凱克什麼叫"戀愛"，什麼叫"結婚"，它竟然愛上了帕特。當我告訴它帕特將會和我結婚而不是和它時，它滴滴喀喀地鬧起情緒來，說它有哪一點不比我強，它既比我聰明，詩又寫得比我好。於是我不得不狠心告訴它，它是機器，機器是不能和人結婚的。

5. 第二天，我被電話叫醒，回大樓一看，伊比凱克已經毀了，空氣中瀰漫著燒焦的氣味，我在地上撿到幾十碼長的號碼字帶，上面有伊比凱克的遺言。它是自殺的，但它祝福我和帕特，並且送給我一件結婚禮物，是一長卷的結婚週年紀念詩，足夠我用五百年。

註：《伊比凱克》為美國作家庫爾特·馮內古特（Kurt Vonnegut）的短篇。

❶ i. "它是世界上最複雜的計算機,五十個愛因斯坦各用一生時間都不能解決的難題,它只需一秒鐘就能解答。" 這句話運用了哪些修辭手法?說明了伊比凱克的哪些特點?(第 1 段)

....

....

ii. 除此之外,伊比凱克還有哪些特點?請從文中找出相應的例子支持你的觀點。

....

....

❷ i. "她總是說什麼一口袋固態二氧化碳裏面也比從一個數學家那裏能夠得到更多的熱量",這句話說明了什麼?

....

....

ii. "我" 聽到這句話後心情怎麼樣?"我" 是如何解決這個問題的?

....

....

❸ 伊比凱克是如何學會什麼叫 "戀愛",什麼叫 "結婚" 的?

....

....

❹ "我" 和伊比凱克對帕特的愛在文中分別是如何體現的?

....

....

❺ 伊比凱克為什麼最後會選擇 "自殺" 並留下 "一長卷的結婚週年紀念詩"?

....

....

❻ 請根據文章內容，說說作者想通過畫線部分的詞語／詞組說明什麼。

i. 我如果不連忙把總閘關掉，它可會<u>一直</u>作詩作到天亮。（第 3 段）

....

....

ii. 到後來，令我<u>吃驚</u>的是，原來我教會了伊比凱克什麼叫 "戀愛"，什麼叫 "結婚"，它竟然愛上了帕特。（第 4 段）

....

....

iii. 於是我不得不<u>狠心</u>告訴它，它是機器，機器是不能和人結婚的。（第 4 段）

....

....

回應

❶ "我在詩下簽署上自己的名字，送給帕特"，你同意這個做法嗎？為什麼？

❷ 如果你是文中的 "我"，你會告訴帕特事情的真相嗎？為什麼？

❸ 伊比凱克最後選擇 "自殺"，並留下 "一長卷的結婚週年紀念詩"。你同意它的做法嗎？為什麼？

❹ 你覺得伊比凱克還能解決哪些麻煩？兩人一組，互問互答。

伊比凱克：你遇到了什麼麻煩？

你：＿＿＿＿＿＿＿＿＿＿＿＿＿＿＿＿＿＿＿＿＿＿＿＿＿＿＿＿＿

伊比凱克：＿＿＿＿＿＿＿＿＿＿＿＿＿＿＿＿＿＿＿＿＿＿＿＿＿＿

❺ 上網查找全球三個人工智能的最新發展情況或例子。你覺得伊比凱克能夠在現實生活中存在並得到廣泛應用嗎？

分析 / 評論

❶ 你如何看待文章的結局？作者想要通過這樣的結局表達怎樣的觀點？

❷ 故事的"衝突"在哪裏？衝突是如何形成、發展並達到高潮的？

❸ 情節是小說故事推進的過程。文本的情節設置如何？作者是如何通過情節發展來展現主題的？

❹ "我"對帕特的愛和伊比凱克對帕特的愛是否存在一種對比？這種對比有怎樣的效果或作用？

❺ 庫爾特·馮內古特（Kurt Vonnegut，1922－2007）被認為是 20 世紀美國最富想象力的天才、黑色幽默文學的傑出代表、一代美國年輕人的偶像。西西這篇《你遇到了什麼麻煩？》對馮內古特原文的重述是否也保留了他黑色幽默的特點？請從原文中找出 1－2 個例子，談談你的看法。

 知識鏈接

小說三要素：人物、情節、環境（自然環境和社會環境）

情節：開端、發展、高潮、結局

有關情節特點的描述：層層推進、一波三折、跌宕起伏、高潮迭起、設計巧秒、首尾呼應、平淡無奇、平鋪直敘、出乎意料、意料之中、設置懸念

 知識鏈接

黑色幽默

《大英百科全書》對"黑色幽默"的解釋是："一種絕望的幽默，力圖引出人們的笑聲，作為人類對生活中明顯的無意義和荒謬的一種反響。"黑色幽默是一種用喜劇形式表現悲劇內容的文學方法。"黑色"代表死亡，是可怕滑稽的現實，"幽默"是有意志的個體對這種現實的嘲諷態度。幽默加上黑色，就成了絕望的幽默。這派作家調動了一切可調動的藝術手法，將周圍的世界和自我的滑稽、醜惡、畸形、陰暗等放大、扭曲，使其更加荒誕不經。

創作

❶ 創意寫作

   i. 上網搜索古今中外著名的情詩，或最近網上流行的"土味情話"。跟全班分享你最喜歡的 2–3 個例子。假設你是伊比凱克，請給帕特寫一首情詩或自創一些"土味情話"。

   ii. 續寫或改寫《你遇到了什麼麻煩？》，或自己創作一個科幻小說，題目自擬。

❷ 記敘：以《2122 年的一天》為題，敘述你在這一天的經歷。

❸ 描述：上個週末，你去參加了一個科技博覽會。請描述你的所見所感。

❹ 議論：有人說："科技可以拉近人與人之間的距離。"你同意嗎？請給某網站寫一篇具有說服力的文章，說明你為什麼同意或者不同意這個觀點。

❺ 討論：很多青少年沉迷於社交媒體，這樣會減弱他們面對面的溝通和社交能力。請你以學生會長的身份，給全校師生做一次演講，內容必須包括以下幾點：

★ 青少年使用社交媒體的好處；

★ 青少年使用社交媒體的壞處；

★ 青少年應該如何正確使用社交媒體。

課文2 回應概括性寫作

以下各種生活中的人工智能你使用過哪些？請在 ☐ 裏打勾 √。

交通	在線地圖和導航		☐
汽車	自動駕駛		☐
手機	智能助手		☐
客戶服務	聊天機器人		☐
電子郵箱	垃圾郵件過濾器		☐

安全與密碼	人臉識別		☐
出行	打車應用程式		☐
文字處理	自動拼寫檢查		☐
銀行與購物	電子支付		☐
社交媒體	智能回覆		☐
醫療	智慧醫院		☐
影音和娛樂	語音識別		☐

短文一[1]

　　人工智能作為近年來的一門新興技術，已經悄然地應用到人們生活的方方面面。人工智能是一個運用知識來處理問題的計算器，它可以具有人類聽、說、讀、寫、思慮、進修、順應情形變化、處理各類實際問題的才能。在交通運輸上，人工智能的智能體系可以實現道路安然通暢。在醫療方面，人工智能更可以成為醫生的助手，減少過度用藥的問題，有效減省醫療成本。人工智能還可以改善現有的儲能技術，以集成技術平衡電源供需。疫情加速企業採用新技術，這將導致 2025 年全部工作，可能有一半由人工智能代勞。面對人工智能帶來的變革，真正應擔憂的並非人類會被取代，而是如何協助勞工轉型，令人類能適應新時代的工作。例如中國政府近年積極發展貴州成為全國大數據集中地，開辦大數據與信息工程學院，以配合相關的發展趨勢。

短文二[2]

　　目前人工智能已經為人類創造出了非常可觀的經濟效益，人工智能可以代替人類做大量人類不想做、不能做的工作，而且機器犯錯誤的概率比人低，並且能夠持續工作，大大地提升工作效率。人工智能帶來了更多就業機會。就好比互聯網行業，解決了上千萬人的就業問題。目前大部分從事人工智能領

1　改編自《發展人工智能是福是禍》，https://ls.chiculture.org.hk/tc/hot-topics/656，2022 年 7 月 7 日瀏覽。
2　改編自《熱門話題之人工智能的利與弊》，https://www.huaweicloud.com/zhishi/edit-582397.html，2022 年 7 月 7 日瀏覽。

域的人士，年薪百萬也不在少數。人工智能帶來人才分化極端。這將會引起未來的人才爭奪戰。而社會上更多一流的人才將會偏向一邊，相對資金比較薄弱的企業或者個人，將會遭受到大規模的失業。當人工智能被大量用於武器中，未來的戰爭將不會大量使用到人類，而當戰爭不再使用到真人，從道德的角度去考慮，人工智能的戰爭不會受到太多的批評，隨之而帶來的，將會是更多的機器兵團戰爭。

 理解

【活動一】理解詞語

查閱字典，並理解下列科技詞彙。

人工智能、儲能技術、集成技術、大數據、信息工程

【活動二】尋找信息

根據對人工智能的態度，從文章中找出相應的信息。

正面態度的信息：

中性態度的信息：

負面態度的信息：

回應

【活動一】

史蒂芬·威廉·霍金曾說："強大人工智能的崛起可能是人類遇到的最好的事情，也可能是最壞的事情，但我們還不知道答案。"請以此題進行辯論。

【活動二】

你覺得將來中國的人工智能會怎麼發展，請你查找網絡搜集資料，從生活中的一個方面（如：交通、醫療、娛樂等等）作出預測。

分析 / 評論

請從短文一和短文二中分別找出意義相似和相反的信息。

意義相似	意義相反
例： · 帶來了更多就業機會。 · 互聯網行業，解決了上千萬人的就業問題。	例： · 2025年全部工作，可能有一半由人工智能代勞。 · 人工智能帶來了更多就業機會。

創作

❶ 在學校的科技週中，你了解了有關人工智能在人們生活中的應用，你對此很有感觸。於是你寫了一篇日記，記錄你了解的知識並提出自己的想法。內容包括：

a. 人工智能在生活中的應用

b. 人工智能給人類生活帶來的利益

c. 對人工智能的擔憂

××××年××月××日　星期×　天氣：×

正文

❷ 在學校的科技週期間，你將向全校師生做一個關於人工智能的演講，內容包括：

a. 人工智能在生活中的應用

b. 人工智能給人類生活帶來的利益

c. 對人工智能的擔憂

必須用短文一和短文二中的信息為輔助進行寫作，字數必須在 250－350 字之間。請根據以上的寫作要求，完成下面的提綱。

寫作的目的是什麼？	
使用什麼格式？	

寫給誰？	
主要內容是什麼？	
應寫多少字？	
我能對應問題 a 找到文章裏的信息	
我能對應問題 b 找到文章裏的信息	
我能對應問題 c 找到文章裏的信息	

課文 3　議論／思想批判

劉慈欣《在時間之河的另一端》[1]

親愛的女兒：

你好！

此時的爸爸早已消逝兩百多年了。

現在，人類征服了死亡。軀體只是意識的承載體之一，衰老後可以換一個。

互聯網上聯結的已不是電腦，而是人腦了。傳統意義上的教育已經不存在，每個人都可以在聯入網絡的瞬間輕易擁有知識和經驗。

在這個超信息時代，一切物體都能變成顯示屏……

你的職業是什麼？現在應該只有少數人還在工作，而他們工作的目的已與謀生無關。

在那個長生的世界裏，還會有孩子嗎？你們一定早已在地球之外建立新世界了。

你在那時過得快樂嗎？遇到 TA 們了嗎？

爸爸

2013 年 5 月 24 日

作者簡介：劉慈欣，1963 年 6 月出生於北京，著名科幻作家。作品蟬聯 1999 年—2006 年中國科幻小說銀河獎，2010 年趙樹理文學獎，2011 年《當代》年度長篇小說五佳第三名，2011 年華語科幻星雲獎最佳長篇小說獎，2010、2011 年華語科幻星雲獎最佳科幻作家獎，2012 年人民文學柔石獎短篇小說金獎等。2015 年 8 月 23 日，憑藉《三體》獲第 73 屆世界科幻大會頒發的雨果獎最佳長篇小說獎，為亞洲首次獲獎。2017 年 6 月 25 日，憑藉《三體 3：死神永生》獲得軌跡獎最佳長篇科幻小說獎。2018 年 11 月 8 日，獲 2018 年克拉克想象力服務社會獎。代表作有《三體》三部曲、《流浪地球》、《鄉村教師》等。

1　節選自 https://page.om.qq.com/page/OjesrzLdijAMgQn6oh9AoNew0，2022 年 7 月 7 日瀏覽。

理解

❶ 根據文章內容，判斷以下說法的對錯。

A. 當你（指文中的女兒）讀到這封信時，爸爸已消逝兩百多年了。（對 / 錯）

B. 在你的時代，互聯網上還是只可以連接電腦而不是人腦。（對 / 錯）

C. 在你的時代，你們還是要接受傳統教育。（對 / 錯）

D. 在這個超信息時代，只有牆壁能變成顯示屏。（對 / 錯）

E. 在那個長生的世界裏，人們不再需要孩子。（對 / 錯）

F. 你所在時代應該只有少數人還在工作，他們的工作目的可能和現在的不同。（對 / 錯）

G. 在你的時代，你們會更快樂。（對 / 錯）

❷ 在作者的想象中，兩百年後的世界是怎樣的？請從文本中找出 4－5 個具體的例子。

❸ 請用 2－3 個形容詞形容兩百年後的世界。（可使用 Mentimeter 網站進行操作）。

❹ 在未來世界，人類征服了死亡如何體現？

❺ 為什麼傳統意義上的教育已經不存在了？

❻ 你覺得 "TA 們" 指的是什麼？

回應

【活動一】探究兩百年後的變化

❶ 閱讀全文或觀看視頻《見字如面》第一季中王耀慶閱讀劉慈欣寫給女兒的信[1]，寫出 3－4 個節選中沒有出現的兩百年後的變化。

---

[1] 參見《見字如面》（2016 年第一季第二期）王耀慶讀劉慈欣寫給女兒的信，https://v.qq.com/x/cover/7vqxlecgc33fqmh/w00246iv663.html，2022 年 7 月 7 日瀏覽。

A. _____

B. _____

C. _____

D. _____

你學到了哪些朗讀技巧？

_____

_____

❷ 你覺得在作者想象的兩百年後的世界裏，哪一個變化最讓你期待？請按照 1－4（期待值從大到小）的順序進行排列，並說明原因。

1. _____

2. _____

3. _____

4. _____

原因：

_____

_____

❸ 你覺得在作者想象的兩百年後的世界裏，哪一個變化你最不希望發生？為什麼？

_____

_____

❹ 你覺得人類的想象在未來都會成真嗎？

_____

_____

【活動二】小組彙報

❶ 上網查一查，為什麼地球是最適合人類生存的星球？請找出 4－5 個原因，並和全班分享。

❷ 從這些原因中，歸納出可以從哪些方面判斷一個星球是否適合人類生存，在小組內列出評估準則。

❸ 憑藉這些準則，分析地球外哪一個星球最適合人類生存。

【活動三】班級／小組辯論比賽

❶ 文本中提到"傳統意義上的教育已經不存在，每個人都可以在聯入網絡的瞬間輕易擁有知識和經驗。"你願意接受這種變化嗎？為什麼？[1]

❷ 觀看《奇葩說》視頻（2018 年 11 月 16 日第 17 期），辯題為"當知識可以一秒內共享，你願意嗎？"請各寫出 5 個讓你印象深刻的正反方觀點。

正方	反方

你的看法是什麼？

_____

_____

_____

❸ 辯題："科技越發達，人類越快樂。"你是否同意這個觀點？請在班級／小組中展開辯論。

1　可參考《奇葩說》："當知識可以一秒內共享，你願意嗎？"，https://zhuanlan.zhihu.com/p/50162444，2022 年 7 月 7 日瀏覽。

準備工作紙：

題目		辯論技巧
立場（正／反）		
開辯：3分鐘	下定義，提出總論點 我方的觀點是…… 我方堅決認為……	• 界定重要概念、題意。 • 表明立場。 • 提出中心論點。 • 概括全組分論點。
副辯 一副：3分鐘	今天對方認為……，但是…… 提出分論點一： 論據1： 論據2：	• 發現對方問題，回應並駁斥對方。 • 講明分論點一。 • 有理有據。 • 避免過度重複隊友講過的內容。
副辯 二副：3分鐘	今天對方認為……，但是…… 提出分論點二： 論據1： 論據2：	• 發現對方問題，回應並駁斥對方。 • 講明分論點二。 • 有理有據。 • 避免過度重複隊友講過的內容。
結辯：3分鐘	總結觀點 綜上所述，我方認為……	• 回應對方，補充之前沒有講清楚的地方。 • 歸納重要觀點和內容。 • 重申立場和中心論點。

知識鏈接

哪些關聯詞可以運用？

雖然……，但是……；即使……，也……；如果……，就……；不僅……，而且……；既……，又……；一方面……，另一方面……；不是……，而是……；與其……，不如……

如何加強語氣？

難道……；正是如此……，我們才應該……；恐怕……

常用的論證手法有哪些？

舉例論證、比喻論證、引用論證、對比論證、數據論證、演繹論證、歸納論證

分析／評論

❶ 私人信件往往具有私密性和非正式性的特點。你覺得劉慈欣給女兒的這封信是否也能引起大眾讀者的共鳴？為什麼？

❷ 作者運用了一系列風格或結構的技巧，更有效地表達對未來世界的看法和對女兒的關愛，請從文本中找出相關的例子。

風格或結構上的技巧	文本中的例子
a. 信的開頭為下文內容的展開做鋪墊。	
b. 信的目的在內容上有一定的體現。	
c. 設問句的運用，引發寫信對象的興趣和思考，也促進平等的交流。	
d. 通過第一人稱和第二人稱的應用，切實表達自己的想法和感受，增加親密感。	
e. 語氣平和，語言真摯且充滿關切，有助於孩子理解和接受自己的觀點。	

❸ 你覺得作者劉慈欣科幻作家的身份如何影響他看待問題的立場和角度？

 創作

❶ 信：假如你是劉慈欣的女兒，兩百年後，當你讀完這封信後，請以女兒的身份給劉慈欣寫一封回信。

❷ 議論：有人說："科技進步總是讓生活更美好"。你同意嗎？請給某網站寫一篇具有說服力的文章，說明你為什麼同意或者不同意這個觀點。

科技想象

❸ 討論：為了防止新冠狀病毒的進一步傳播，很多學校開展了一系列的網上教學活動，取代了傳統的面對面授課的教育方式。然而網上上課有利有弊，請結合你的學習經歷，給校園網寫一篇文章談談你的看法。

文章必須包括以下幾點：

★ 網課的好處；

★ 網課的壞處；

★ 對青少年如何更好地上網課提出建議。

課文 4　文言文

宋應星《天工開物》序

天覆地載，物數號萬，而事亦因之，曲成而不遺[1]，豈人力也哉？事物而既萬矣，必待口授目成而後識之，其與幾何[2]？萬事萬物之中，其無益生人與有益者，各載其半，世有聰明博物[3]者，稠人推焉[4]。乃棗梨之花[5]未賞，而臆度楚萍[6]，釜鬵之範鮮經[7]，而侈談莒鼎[8]。畫工好圖鬼魅而惡犬馬，即鄭僑、晉華[9]，豈足為烈[10]哉？

幸生聖明極盛之世，滇[11]南車馬，縱貫遼陽[12]，嶺徼[13]宦商，衡遊薊北[14]，為方萬里中，何事何物不可見見聞聞？若為士而生東晉之初，南宋之季，其視燕、秦、晉、豫方物[15]已成夷產[16]，從互市[17]而得裘帽，何殊肅慎之矢[18]也？且夫王孫帝子，生長深宮，御廚玉粒正香，而欲觀耒耜[19]，尚宮[20]錦衣方剪，而想象機絲[21]。當斯時也，披圖[22]一觀，如獲重寶矣。年來著書一種，名曰《天工開物卷》。傷哉貧也！

欲購奇考證，而乏洛下之資^[23]，欲招致同人，商略贗真，而缺陳思之館^[24]，隨其孤陋見聞，藏諸方寸^[25]而寫之，豈有當哉？……卷分前後，乃貴五穀而賤金玉之義^[26]，《觀象》《樂律》二卷，其道太精，自揣非吾事，故臨梓^[27]刪去。丐大業文人棄擲案頭^[28]，此書於功名進取，毫不相關也。

時崇禎丁丑孟夏月，奉新宋應星書於家食之問堂^[29]。

作者簡介：宋應星（1587－1663），字長庚，江西奉新人。五次應試不第後，返鄉當教師。期間撰寫了《天工開物》。《天工開物》書名出自《易·繫辭》中"天工人其代之"及"開物成務"，意思是：只要提高知識技能，遵循事物發展的規律，辛勤勞動，就能生產製造出生活所需的各種物品，其精美的程度勝於天然。宋應星還著有《野議》《論天》《論氣》《思憐詩》等作品，《天工開物》是最廣為人知的一部。全書分三個部分，內容涵蓋農業和手工業生產，按"由本及末"的原則來安排目次，被稱為"技術百科全書"，其特點是圖文並茂，注重實踐。從書的序中也能看出作者踏實做學問的態度，語言樸素、簡潔、典雅，與書的內容相得益彰。

註釋

[1] 曲成而不遺：用各種方式出現，沒有遺漏。

[2] 其與幾何：與，認識的。幾何，多少。

[3] 博物：博識萬物。

[4] 稠（chóu）：眾多。推：推崇。

[5] 乃：是，表示判斷。棗梨之花：代指常見的事物。

[6] 楚萍：代指罕見的事物。

[7] 釜鬵（fǔ xín）：大鍋，形如"甑"或"鼎"一類的炊具。範：鑄造器物的模型。鮮經：少見。

[8] 莒（jǔ）：春秋時的小國家。莒鼎，代指稀有的物品。

[9] 鄭僑：春秋時鄭國大夫公孫僑，字子產，知識淵博。晉華：西晉文學家張華，字茂先，著有《博物志》。

[10] 豈足為烈：怎麼值得稱好呢？烈：美好、盛大的樣子。

[11] 滇：雲南。

[12] 遼陽：泛指遼河以北地區。

[13] 嶺徼：泛指嶺南一帶。徼（jiào），邊境。

[14] 衡遊薊（jì）北：衡，通"橫"。薊，泛指河北地區。

[15] 方物：土產。

[16] 夷產：邊遠少數民族地區的物產。

[17] 互市：不同民族或地區之間的貿易活動。

[18] 肅慎之矢（shǐ）：肅慎，古代東北地區的少數民族，擅長做弓箭和石頭做的箭頭。

[19] 且夫：放在句首，起提起話題、發表議論的作用，沒有實意。耒耜（lěi sì）：農具。

[20] 尚宮：古代女官名，管理皇室內務。

[21] 機絲：織機與絲線縷。

[22] 披圖：打開配圖。

[23] 購奇：購買奇巧的發明創造。乏洛下之資：指缺少經費。《三國志·魏志·夏侯玄傳》註引《魏略》："洛中市買，一錢不足則不行。"是說洛陽城裏買東西，少一個錢就買不到。

[24] 缺陳思之館：指家中沒有像樣的、可招待賓客的廳堂。曹植封陳王，諡思，故稱陳思王。

[25] 方寸：心中。

[26] 說明該書的介紹順序：先農耕、織染，後冶煉、工藝等。

[27] 梓：印刷。梓木常用以雕製書版。

[28] 丐：請求。大業文人：心存遠大抱負、想要做官的讀書人。案頭：書桌。本句是反語，嘲諷一心要考取功名的讀書人缺少常識，也不關心科考以外的其他知識，叫他們不必花時間來讀自己寫的這本書。

[29] 家食之問堂：宋應星的書齋名，意思是研究在家自食其力的學問，不願追求功名利祿。

知識鏈接

文史知識

明代的農業、手工業、商業都比較發達。隨著種植面積的擴大、耕種技術的改良，農產品的產量也隨之增加，人們因此更注重技術和工具的發展。手工業的規模也逐步擴大，冶金、陶瓷、紡織、製船等行業興盛。商業貿易活動也日漸頻繁、規模日漸擴大，繼而推動了沿海地區經濟和文明的發展。

【活動一】鞏固文言文字詞理解

下列畫線詞語是什麼意思？請把答案寫在（　　）內。

❶ 口授目成：（　　　　　　）

❷ 畫工好圖鬼魅而惡犬馬：（　　　　　）

❸ 豈足為烈？（　　　　　）

❹ 若為士而生東晉之初：（　　　　　）

❺ 為方萬里中：（　　　　）、（　　　　　）

❻ 尚宮錦衣方剪：（　　　　　）

❼ 當斯時也：（　　　　）

❽ 傷哉貧也：（　　　　）

❾ 豈有當哉：（　　　　）、（　　　　　）

【活動二】個人反思／小組討論

❶ 作者為什麼要編寫這本書？

❷ 作者遇到了哪些困難？

❸ 作者說《天工開物》中加了插圖，插圖有什麼作用？

❹ 作為一名科學家，作者的哪兩句話能顯示他治學嚴謹的態度？

❺ 國家的繁榮昌盛能夠給研究帶來什麼好處？

❻ 結尾的反諷實則體現了作者的希冀，這個希冀是什麼？

回應

【活動一】聯繫生活

❶ 一本書的序可以寫哪些內容？

❷ 小組討論：你看過哪些有趣的科普讀物？如何讓科普作品吸引讀者？請派代表報告你們的建議。

 分析 / 評論

❶ "畫工好圖鬼魅而惡犬馬，即鄭僑、晉華，豈足為烈哉" 這句話批評了哪一類人？你覺得作者的思想是否仍適用於當今社會？

❷ 作者的語言有什麼特點？使用大量的典故有什麼好處？

 創作

你的學校雜誌有個專欄名為 "科技與青少年"。你受邀寫一篇議論文，從正反兩個方面談論科技發展對青少年的影響。

文章必須包括以下幾點：

★ 科技發展的現狀；

★ 科技發展對青少年有哪些正面和負面的影響；

★ 怎樣善用科技發展所帶來的便利而不沉溺其中。

課文 5　文學作品——長篇小說

導入活動

近年來，科幻熱潮持續不斷。

• 馬斯克在提到特斯拉的新產品——人形機器人"擎天柱"時表示，總有一天我們可以把性格、記憶下載到機器人身體中，為人類實現"永生"。這一度成為熱搜，引起了人們廣泛的關注。

• Bilibili 網站設立科幻電影榜單，平台博主自導科幻短片獲得大獎。這也曾一度引起熱議。

請你就這兩則新聞，談談自己閱讀和觀看科幻類作品的感受，討論科幻作品與現實世界的聯繫。

儒勒·凡爾納《巴比康主席的報告》

1. 因倍·巴比康是個上了四十歲的人，沉著、冷靜、嚴肅，思想極其周密，注意力集中，像計時器一樣準確，具有經得起任何考驗的性格和毫不動搖的意志；雖然缺少騎士的風度，可是愛冒險，不過，即使是在最大膽的冒險裏，也保持著實事求是的精神，他是傑出的新英格蘭人，北方的移民，斯圖亞特王朝的剋星——圓顱黨的後裔，南方的紳士——母國過去的騎士們的勢不兩立的敵人。總而言之，是一個徹頭徹尾的美國人。

2. 巴比康早年做木材生意，發了大財。戰爭時期當了大炮製造業的理事長，表現出自己是個多產的發明家：敢於大膽地想象，對大炮的進步出了不少力；給這種武器的實驗帶來了無可比擬的推動力。

3. 這人中等身材，四肢健全，這在大炮俱樂部裏是一個罕

科技想象

見的例外。面部的線條明晰勻整，彷彿是用曲尺和畫線板勾勒出來的。要猜一個人的性格必須看他的側面輪廓，假使這句話靠得住，那麼從側面來看巴比康，他的最可靠的特徵應該是毅力、大膽和冷靜。

4. 現在，他紋絲不動地坐在他的扶手椅上，躲在美國人常戴的那種圓筒形的黑緞子禮帽底下，一聲不響，正在屏息凝神地想心事。

5. 俱樂部的會員們雖然就在他附近鬧哄哄地談論著，但是並沒有打斷他的沉思，他們你問我，我問你，紛紛揣測，打量著主席，想從他那不動聲色的面容上找出那個未知數，但是什麼也沒有找到。

6. 大廳裏的時鐘雷鳴般地敲了八下，這當兒，巴比康像受到彈簧推動似的，囉地站了起來，會場上鴉雀無聲，他用有點誇張的語氣，一開始就這樣說：

7. "正直的會員們，自無聊的和平使大炮俱樂部的會員們陷入可悲的無所事事的生活中以來，已經很久了。經過了幾個變化多端的年頭，我們不得不擱下我們的工作，在前進的道路上完全停頓下來。我不得不大聲宣佈，凡是能夠重新把武器交給我們的戰爭都是受歡迎的……"

8. "對！戰爭！"性急的梅斯頓嚷嚷著說……"聽下去！聽下去！"四面八方都有人反對。

9. "但是戰爭，"巴比康說，"照現在的情形看起來，不會有戰爭了，不管剛才打斷我的話的這位可敬的發言人有什麼希望，反正我們的大炮要在戰場上轟鳴，還得經歷漫長的歲月。所以，我們必須拿定主意，到另外的思想領域裏去尋求能支持

我們活動的食糧！"

10. 聽眾都感覺到他們的主席就要接觸到最微妙的部分了。他們小心翼翼地聽著。

11. "最近幾個月來，正直的會員們，"巴比康接著說，"我一直在問自己，我們能不能在我們的專業方面，進行一項無愧於十九世紀的偉大實驗，彈道學的進步能不能幫助我們達到目的。我一直在考慮、工作、計算，研究的結果使我確信，我們能夠在一項別的國家幾乎無法實現的事業中取得成功。這個研究了很長時間的計劃，就是我今天報告的內容，它無愧於你們，無愧於大炮俱樂部的過去，可以肯定，它將要轟動全世界！"

12. "轟動全世界？"一個熱情的大炮發明家大聲問。

13. "是的，確實要轟動全世界，"巴比康回答說。

14. "不要打斷他的話！"有好幾個聲音說。

15. "正直的會員們，"主席接著說，"請你們注意聽我的發言。"會場裏傳過了一陣低語聲。巴比康很快地扶正了他的帽子，用平靜的聲音繼續說道：

16. "正直的會員們，你們每個人都看見過月球，至少總聽人談起過它。假如我在這兒談談這個黑夜的天體，你們也不必奇怪。說不定要讓我們來做這個未知世界的哥倫布呢。請你們了解我，盡力幫助我，我要帶著你們去征服它，它的名字將要列在組成這個偉大的合眾國的三十六個州的名字中間！"

17. "烏拉，月球！"整個大炮俱樂部同聲高叫。

18. "我們對月球已經做了不少的研究工作，"巴比康又說，"它的質量、密度、重量、體積、構造、運動、距離和它在太陽系裏的作用，已經完全弄明白了，我們繪製的月理圖已經達到了十分完美的程度：即使不比地圖繪得還要好，至少也不相上下。此外，照相機還給我們的衛星攝製了許多無比美麗的照片。總而言之，關於月球，凡是數學、天文學、地質學、光學能夠告訴我們的東西，我們都知道了，但是直到現在為止，從來沒有和它建立直接的聯繫。"

19. 這幾句話引起了極大的興奮和驚奇。

20. "請允許我扼要地敍述一下，"他接著說，"有幾個荒唐鬼怎樣出門做幻想旅行，硬說他們窺見了我們衛星的秘密。"

21. "在十七世紀，一個叫大衛·法布里修斯的人吹噓，說他親眼看見過月球上的居民，一六四九年法國人讓·包社因發表了《西班牙冒險家多明果·公薩賴斯月球旅行記》。在同一時期，西拉諾·德·貝熱拉克的那本有名的《月球遠征記》問世了，在法國曾風行一時，後來另外一個法國人（法國人很關心月亮）豐特奈勒寫了一本《多數世界》，這是他那個時代的一部傑作，但是前進中的科學把傑作也化為粉末！"

22. "在一八三五年前後：一本翻譯的小冊子《美國的紐約》，敍述瓊·海歇爾爵士被派到好望角去研究天文，他利用一架從內部照明的精良望遠鏡，把月球的距離縮短到八十碼。那麼他一定清清楚楚地看到了河馬住的洞穴，鑲著金邊的綠山，長著象牙角的綿羊，白色的麋鹿，有蝙蝠膜翼的居民。一個姓洛克的美國人寫的這本小冊子，獲得了非凡的成功。"

23. "但是過了沒有好久，人們承認這是一個科學神話，法國人先笑了。"

24. "笑美國人！"梅斯頓大聲說，"瞧！這就是一個宣戰的理由！"

25.“請放心，高貴的朋友。法國人沒笑以前，完全給我們的一個同胞耍了。在結束這段簡單的史話以前，我再補充一下，有一個叫漢斯·普伐阿爾的鹿特丹人，坐在一隻裝滿了一種從氮裏提出來的氣體的氣球，這種氣體比氫輕三十七倍，他飛行了十九天以後，到達了月球。這次旅行也跟剛才說的那幾次嘗試一樣，純粹是幻想，這是美國的一位著名作家，一位天才出眾的幻想作家的傑作。我指的是坡。”

26.“烏拉，埃德加·坡！”聽眾叫道，他們都被主席的話打動了。

27.“我應該說，” 巴比康繼續說，“這是純粹的文學嘗試，根本不可能同黑夜的天體建立真正的聯繫。在這一方面，我的話完了。不過我應該順便說明，也有一些腳踏實地的人曾經試探著同月球取得真正的聯繫。例如幾年以前，一個德國幾何學家提議派一個科學團體到西伯利亞草原去。他們要在廣闊的草原上用明亮的反射燈畫一些巨大的幾何圖形，其中包括被法國人稱為‘愚人橋’的弦的平方圖[1]。‘凡是有知識的人都應該明了這個圖的科學目的，’ 那位幾何學家說，‘月球人假使存在的話，就會用類似的圖形回答，一旦建立了聯繫，就不難創造一張字母表，使我們可以和月球的居民交談了。’ 德國幾何學家的確是這樣說的，不過他的計劃沒有實行，直到現在為止，地球和它的衛星之間還沒有建立任何直接聯繫。但是，說不定這是老天有意保留下來，讓有真才實學的美國人來和星星世界建立關係吧。達到這個

---

1 指弦的平方等於勾和股的平方和。

目的方法是簡單、容易、可靠、萬無一失的，這就是我建議的內容。」

28. 迎接他這幾句話的是一陣歡呼聲和暴風雨般的掌聲。

29. 在場的人沒有一個不被他的話所控制、俘虜和迷惑的。

30. 「別吵！別吵！靜一點！」到處都有人在叫。

31. 等會場安靜下來以後，巴比康才用更莊嚴的聲音，接著講下去：

32. 「你們都知道最近幾年來彈道學獲得了怎樣的進步，假使戰爭繼續下去，武器可能達到怎樣完美的程度。你們也知道，一般來說，大炮的坐力和火藥的膨脹力是沒有限制的。好啦：我在想，根據這個原理推演下去，是不是可以利用一個適當的、具備一定反坐力條件的裝置，把一顆炮彈送到月球上去。」

33. 聽到這兒，從成千個透不過氣來的胸膛裏發出了一聲驚叫「啊！」隨後是片刻的寂靜，如同雷響以前那種深不可測的寂靜。雷果然響了，不過那是由震動會場的鼓掌、歡呼和喝彩造成的雷聲。主席想講下去，但是不能。過了十分鐘才能聽清他的話。

34. 「請讓我說完，」他冷靜地說，「我從各方面考慮過這個問題，下決心研究過它，我的無可爭辯的計算表明：凡是向月球射出的初速每秒一萬二千碼的炮彈，必然能夠到達那裏。因此，我很榮幸地向你們建議，正直的會員們，來試試這個小小的實驗！」

（節選自《從地球到月球》第二章）

 理解

【活動一】理解內容

解題是一種很好的閱讀方法，一篇文章的標題往往給讀者傳遞了信息，帶來了閱讀的興趣和方向。

本文標題《巴比康主席的報告》向我們傳遞了哪些信息？又令我們產生了哪些疑惑？請根據標題，分組設計問題，然後小組間進行互問互答，初步掌握課文內容。

【活動二】分析描寫手法

人物形象塑造是小說創作的核心，塑造的手法也多種多樣，請你判斷下列詞句的描寫手法，並概括選段中人物形象的特點。

❶ 這人中等身材，四肢健全，這在大炮俱樂部裏是一個罕見的例外。面部的線條明晰勻整，彷彿是用曲尺和畫線板勾勒出來的。

描寫手法：

_____

特點：

_____

❷ 俱樂部的會員們雖然就在他附近鬧哄哄地談論著，但是並沒有打斷他的沉思，他們你問我，我問你，紛紛揣測，打量著主席，想從他那不動聲色的面容上找出那個未知數，但是什麼也沒有找到。

描寫手法：

_____

特點：

_____

❸ 大廳裏的時鐘雷鳴般地敲了八下，這當兒，巴比康像受到彈簧推動似的，霍地站了起來。

描寫手法：

_____

科技想象

特點：
_____

❹ 迎接他這幾句話的是一陣歡呼聲和暴風雨般的掌聲。

　在場的人沒有一個不被他的話所控制、俘虜和迷惑的。

　“別吵！別吵！靜一點！”到處都有人在叫。

描寫手法：
_____

特點：
_____

❺ “請讓我說完，”他冷靜他說，“我從各方面考慮過這個問題，下決心研究過它，我的無可爭辯的計算表明：凡是向月球射出的初速每秒一萬二千碼的炮彈，必然能夠到達那裏。因此，我很榮幸地向你們建議，正直的會員們，來試試這個小小的實驗！”

描寫手法：
_____

特點：
_____

【活動三】熟悉文體

　演講又稱講演或演說，是指在公眾場合，以有聲語言為主要手段，以體態語言為輔助手段，針對某個具體問題，鮮明、完整地發表自己的見解和主張，闡明事理或抒發情感，進行宣傳鼓動的一種語言交際活動。

　根據演講的定義和後頁文體知識，巴比康主席的報告是否具有了演講的特徵？請摘錄原文完善下列表格。

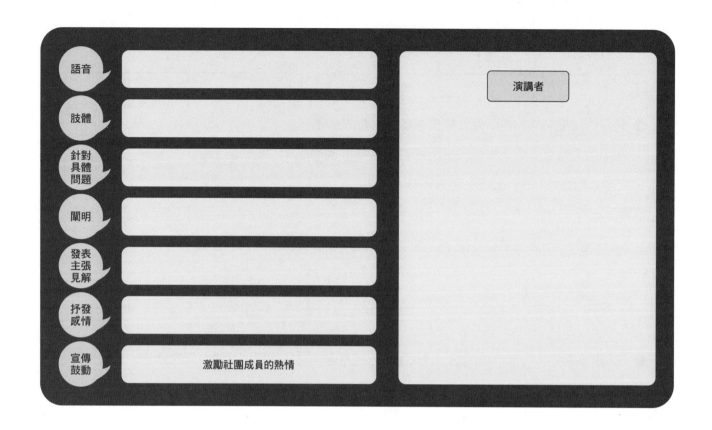

文體知識

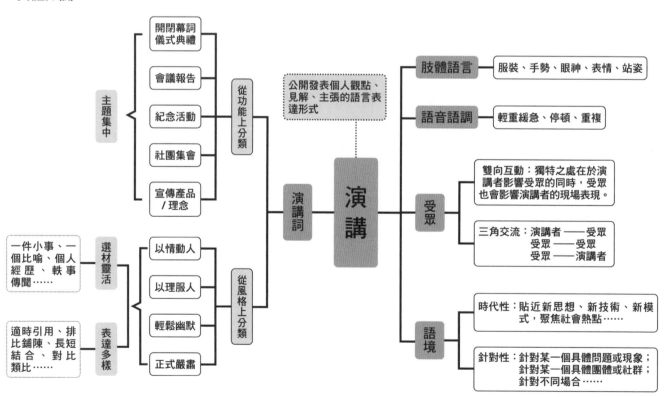

 回應

【活動一】背景探究

作為一位法國作家，為什麼將小說發生的背景放到了美國南北戰爭之後？請搜集資料，從作者的文化身份、當時的時代背景等多個角度進行創作背景探究。

創作背景探究：

【活動二】搜集整理

文中作者藉巴比康主席之口，詳細介紹了那個時代人類對月球的想象和研究成果，請設計一張完整展現人類征服月球的所有重大事件列表。

【活動三】觀點探究

在知乎上，一則"凡爾納過時了嗎？"的議題引起了不少網友的跟帖熱議。他的"預言"大多數都已經被實現，因此很多人認為他的作品已過時。對此你的看法是什麼？

【活動四】比較與思辨

❶ 你知道哪些具有爭議性的科學技術？上網找一找相關資料，跟你的同學們介紹一下這個技術，並談談這一技術的利與弊。（如克隆羊、克隆人、基因編輯嬰兒、核能發電等）

技術：＿＿＿＿＿＿＿＿＿＿＿

利	弊

❷ 你覺得這個技術應該被推廣和應用嗎？

 分析／評論

【活動一】觀看與討論

請觀看《埃隆·馬斯克（Elon Musk）送人環月旅行發佈會》（參見 https://www.bilibili.com/video/BV1YE411r74N/），並在觀看時記錄感興趣的關鍵詞，圍繞以下問題展開評論：

❶ 請從演講的角度評論巴比康主席和馬斯克的演講風格有何異同？我們可以從他們身上學到什麼？

❷ 不論是課文中的報告還是視頻中的發佈會，均引起了社會的極大關注，我們為什麼會關心和關注科技的發展？我們是否有必要關注科技的發展？

❸ 馬斯克使太空／科學研究變得商業化，這一直引起人們的爭議，結合該視頻的網友留言和社會評價，思考科技發明／研究是否應該受到限制。

【活動二】分析與評價

對於凡爾納的作品，社會中一直存在兩類極端的評價，褒揚的一方認為凡爾納通過奇幻作品激發了人們的想象，人們又將這些大膽的想象運用到嚴謹的科學研究之中，從而極大地推動了人類的科技進步。然而他本人在 1893 年接受採訪時回應有關 "科學嚴謹性" 的問題時說："我從未研究過科學"。

負面的評價則認為凡爾納的作品語言粗糙，只能歸為兒童通俗讀物，作品科幻元素不足，而冒險精神才是核心。而其科學方面的大膽設想，與後世出現相似的發明或創造之間實屬偶然。他本人也認同這一說法。

請你結合科幻小說的閱讀經驗，以課文和至少另外兩部科幻小說為例，制定一套科幻小說評價標準。

 創作

❶ **描述**：請想象炮彈到達月球之時的情形，創作一篇《巴比康主席的報告 2》，綜合運用多種描寫手法，展現試驗成功後俱樂部成員自豪的情緒，以及在社會引起的轟動。

❷ **議論**："文學想象具有現實意義。" 你同意這句話嗎？請寫一篇博客贊同或反對這個觀點。你必須寫一篇具有說服力的議論文，說明你為什麼同意或不同意這個觀點。

❸ **討論**：最近谷歌宣佈人工智能（AI）初步具有 "意識" 的新聞出現在各大媒體的頭條，從機器是否會取代我們的工作，到機器是否會取代我們的靈魂，有人悲觀，有人樂觀……

請你以 "科技日報" 社會評論員的身份發表社評，討論這一社會現象產生的影響。

你必須寫出以下幾點：

★ 從科技帶來的機遇和危機兩方面探討 **AI** 技術的發展對人類社會的影響；

★ 從不同立場探討議題："誰應該為 **AI** 技術的負面影響負責"。

反思

❶ 單元總結與反思

通過對不同文本的研習，我們了解到人類的想象是如何推動科學、科技和社會的進步；另一方面，這些進步與發展帶來的擔憂也值得我們關注和討論。我們也更深刻地認識到科技只是工具而不是最終的目的。

❷ 個人反思

	我以前不知道，但現在知道	我還想要知道
1. 科技發明和創新帶來了哪些機會？（F）		
2. 科技發明和創新會產生哪些危機或不良的後果？（F）		
3. 誰應該為科技發展的負面影響負責？（C）		
4. 我們為什麼要關心和關注科技的發展？（C）		
5. 科幻故事的意義是什麼？（C）		

	我以前不知道，但現在知道	我還想要知道
6. 如何評價科幻小說？（C）		
7. 科技發明是否應該有限制？（D）		
8. 人類想象是否都會在未來成真？（D）		
9. 文學想象是否具有現實意義？（D）		

責任編輯	王　穎
書籍設計	a_kun
書籍排版	楊　錄
書籍校對	栗鐵英

書　　名	匠心：IGCSE 0509 課本（繁體版） Ingenuity: IGCSE 0509 Coursebook (Traditional Character Version)
編　　著	李丹妮　黃宵雯　呂雅俐　林郁雋
出　　版	三聯書店（香港）有限公司 香港北角英皇道 499 號北角工業大廈 20 樓 Joint Publishing (H.K.) Co., Ltd. 20/F., North Point Industrial Building, 499 King's Road, North Point, Hong Kong, China
發　　行	香港聯合書刊物流有限公司 香港新界荃灣德士古道 220-248 號 16 樓
版　　次	2023 年 6 月香港第一版第一次印刷
規　　格	大 16 開（215 × 278 mm）240 面
國際書號	ISBN 978-962-04-5272-7

封面圖片 © 2023 Unsplash

本書引用的作品《你遇到了什麼麻煩？》由西西提供，在此謹致謝忱！

另有部分作品未能與著作權人取得聯繫，敬請相關權利人與本社聯繫：publish@jointpublishing.com。